Amores de la calle

ALBERTO REYES TORAL

Copyright © 2012 Nombre del autor

Todos los derechos reservados.

ISBN:

DEDICATORIA

A mis hijos, por su amor a los animales.

A Maky: Por la lección amor que trajo a nuestras vidas.

A los rescatistas porque nos devuelven la confianza en la humanidad.

A todos los perros de la calle.

ÍNDICE

Agradecimientos..vi
1 Un Encuentro Especial (Cara)...1
2 Un Encuentro Especial (Cruz)...4
3 Rabito (Cara) 7
4 Rabito (Cruz) 10
5 Ojos Grises (Cara) 13
6 Ojos Grises (Cruz) 16
7 Una Manada Especial (Cara) 19
8 Una Manada Especial (Cruz) 22
9 Temblores Leves (Cara)...25
10 Temblores Leves (Cruz)...28
11 Contigo Hasta El Final (Cara) 31
12 Contigo Hasta El Final (Cruz)...34
13 Una Vida Diferente (Cara) 37
14 Una Vida Diferente (Cruz) 40
15 Perdido (Cara)...43
16 Perdido (Cruz)...46
17 La Abuela (Cara) 49
18 La Abuela (Cruz) 52
19 Bajo La Lluvia (Cara) 55
20 Bajo La Lluvia (Cruz) 58
21 La Mochila (Cara)...61
22 La Mochila (Cruz) 64
23 La Alcancía (Cara) 67
24 La Alcancía (Cruz)..70
25 Amado Hasta El Final (Cara) 74
26 Amado Hasta El Final (Cruz)..77

AGRADECIMIENTOS

Agradezco a mi familia por el apoyo total a mis proyectos. Mi gratitud a quienes a diario osbservan a su alrededor y se preocupan por los perros de la calle, a los rescatistas y protectores de animales, sobre todo a aquellos que tienen más grande el corazón que los bolsillos y hacen verdaderos sacrificios por estos seres especiales

1 UN ENCUENTRO ESPECIAL (CARA)

He visitado todas las casas, pero no logro ser recibida en alguna, siempre me encuentro con un perro agresivo o un humano con sus prisas, creo que todos ellos buscan algo, pero su olfato no les funciona muy bien. La otra tarde recibí un poco de agua fría en mi lomo y corrí lo mejor que mi panza me lo permitió. Regresé después a beber un poco de esa agua... ¿No sabrá el humano que así no puedo beberla?

En estas calles hay una casa en la que he visto a un humano que casi no habla con los demás, solo se sube a su auto y se marcha para regresar más tarde. Yo sé cuándo se va porque el aroma de flores le persigue, él siempre huele diferente y su voz no es estridente. La experiencia me ha enseñado que no se puede confiar en un humano porque su lealtad y la nuestra son diferentes, su amor y el nuestro no hablan el mismo idioma, pero este humano tiene algo diferente.

Es tarde, no he comido y el sol calienta el pavimento y quema las almohadillas de mis patitas, los humanos no caminan descalzos por eso no saben que deberían sembrar pasto en lugar de concreto. Camino calle abajo buscando una puerta que me parezca confiable y dejo que el viento me llene de aromas señalando el camino a la comida, de pronto llega hasta mí de nueva cuenta el aroma de flores.

No puede ser otro humano, debe ser él. Entrecierro los ojos y sigo su marca paso a paso, porque mis cachorros pesan en mi vientre, pronto ladraremos juntos. Llego a la puerta trasera de su casa, lo escucho hablar, parece que tararea una canción, eso es señal de buen humor. De pronto la puerta se abre y mi humano (a partir de este momento se convirtió en mi humano) sigue hablando bajito mientras chasquea los dedos, me invita a no tener miedo, dice muchas palabras y cree que no lo entiendo, pero mi corazón y el suyo hablan lo mismo. Me acerca su mano y algo dice, yo adivino que algo fue a buscar, mis tripas cantan alegremente anticipando comida.

¡Regresó! Esta vez con algo que huele muy rico entre sus manos, lo pone en el suelo y me invita a acercarme, yo sé desde este momento que el corazón de mi humano habla perruno, le acerco mi hocico y le froto mi cabeza para ver si alcanza a entender que así decimos gracias. Me dispongo a comer y mi vientre se calma, mi corazón descansa, mi cuerpo se llena de energías. He encontrado la puerta correcta, aquí vengo cada tarde y siempre me recibe igual, su corazón y el mío hablan lo mismo, él sabe cómo digo "Gracias".

He dejado de ir a ver a mi humano muchos días, estoy segura que me espera y me extraña, mi corazón lo sabe. Es momento de llevar a mis cachorros a conocer su corazón de privilegio. Una buena tarde, luego que mi olfato me dice que ha llegado, le he sorprendido con la camada completa. Algo ha dicho y su corazón llena el mío, hemos comido y bebido, él ha puesto su atención en dos de mis cachorros, pero ha abrazado a cada uno de ellos.

Cada tarde venimos a comer, siempre a la misma hora y cada vez hay más comida porque él sabe que debo cuidar de mi manada. Siempre le digo gracias de la misma manera, con mi hocico bajo y él pone sus enormes manos en mi cabeza.

AMORES DE LA CALLE

Esta tarde quise cruzar la calle y uno de mis cachorros quedó a mitad mientras otro humano con su eterna prisa se acercaba con su auto, he librado a mi cachorro, pero me duele el cuerpo entero. Mientras me esfuerzo por ver si mis crías están bien ha llegado mi humano, sus ojos están nublados, mi corazón y el suyo ahora están más conectados que nunca. Me toca, busca curarme, pero sé que es imposible.

Le he visto a los ojos y esta es la única vez que he ansiado hablar humano para pedirle que cuide a mis cachorros, pero sé que me ha entendido, el corazón de mi humano es especial, le digo gracias como siempre y me gana un sueño profundo.

2 UN ENCUENTRO ESPECIAL (CRUZ)

La conocí una tarde cuando acercó su cuerpo a la puerta trasera de la casa, en sus costillas podía notarse que no la estaba pasando muy bien. Sus ojos parecían contener palabras pidiendo ayuda, movía la cola de forma circular y con un ritmo muy lento, estoy seguro que para no gastar energías porque se notaba que sus reservas no eran muchas, su vientre abultado anunciaba que estaba a punto de ser mamá. Cuando me acerqué a ella su mirada se cruzó con la mía, pero luego de unos segundos bajó la mirada y se acercó a olfatear mis pies en señal de sumisión. Para esa hora mi corazón ya estaba convertido en un tirabuzón.

Le hablé quedito para no ahuyentarla, toqué su cabeza, su pelaje estaba sucio, con mucha tierra y en algunas partes de su lomo asomaban islotes sin pelo. Sólo acerté a decirle de la forma más tranquila posible —Espera, no te vayas, ahora vuelvo.

No dejaba de seguirme con la mirada y movía la cola con más fuerza, como anticipando que algo bueno estaba por suceder. Regresé luego de unos minutos con algo de comida en un recipiente que a partir de ese día fue de ella. La llamé y pude ver que todo su miedo se había disipado, su hambre era tal que podía correr cualquier riesgo, pero mi corazón no albergaba ningún sentimiento adverso.

Comenzó a comer con celeridad, dando grandes mordidas y cuidando de vez en cuando como parte de su instinto que no se acercara otro perro. Dejé que comiera todo lo que quisiera, fui por un poco de agua para aligerar su comida, luego de comer se puso a beber el agua con tranquilidad.

—¿Satisfecha? Le pregunté.

Ella sólo acercó su rostro a mis manos, agachó su hocico y se talló como muestra de agradecimiento. A partir de ese momento dimos inicio a un ritual que duraría muchos días, siempre a la misma hora, en el mismo lugar en tanto su vientre crecía a ritmo acelerado. De vez en cuando se dejaba bañar y siempre hacía la mismo, agachar la cabeza en señal de gratitud. Mi corazón sabía que algo quería decirme, pero no hablábamos lo mismo.

Un día regresé a buscarla por la tarde y me extrañó no verla, la esperé por mucho rato y la comida quedó servida y esperando. Me di la vuelta para continuar con mi día, pero en mi pensamiento estaba ella y su hocico agradeciendo.

Luego de varios días regresó al mismo lugar, pero esta vez no estaba sola, se hacía acompañar de toda su camada. La siguieron mientras ella vino a buscar comida. Sus hijos eran hermosos, dos de ellos en especial, un macho color café y una perrita que podía adivinarse que era la última en la competencia porque siempre la relegaban.

—¡Eh, que belleza! Fue todo lo que pude decirle y ella movía la cola, entrecerraba los ojos y de nueva cuenta agachaba su hocico en señal de gratitud. Vino muchos días, siempre a la misma hora con su séquito destrás de ella, desde ese momento eran más grandes sus raciones porque debía amamantar a su hambrienta camada.

Una tarde, regresando del trabajo sucedió lo impensable, un conductor apresurado le puso fin a su historia, alcancé a auxiliarla, hice todo lo posible por reanimarla, pero mis intentos fueron vanos.

Me miró fijamente con los ojos entrecerrados, acercó su hocico a mis manos y estoy casi seguro que algo quiso decirme, agachó la mirada y se fue para siempre.

Busqué un lugar para devolverle a la tierra tanto amor encerrado en su cuerpo. Yo sabía que ahora debía hacer algo por su camada, me lo había pedido… estoy casi seguro.

3 RABITO (CARA)

AMORES DE LA CALLE

Algo pasa con mamá, puedo sentir que algo le sucede, todo fue tan rápido, debe ser culpa mía por intentar seguirla sin escuchar los ruidos que se aproximaban, me ha dado un empujoncito con su hocico y después todo se ha vuelto un caos. Mamá no quiere levantarse, ya es la hora de ir por la comida a la casa del humano, pero ella no quiere levantarse, sólo la escucho respirar muy lento.

Mis hermanos también la han rodeado y tratan de animarla, pero ella solo abre un poquito los ojos y nos dice que estemos tranquilos, que vamos a estar bien. Otros humanos pasan, pero nadie nos ayuda a llevarla a la sombra del árbol, aquí hay mucho sol y estoy seguro que ella tiene calor. Comienzo a gritar pidiendo ayuda, pero nadie viene a auxiliarnos.

Un aroma de flores se aproxima y puedo sentirlo a la distancia, un sonido que conozco trae cada vez nás cerca el aroma, es el humano. Lo veo llegar apresurado, algo dice que no entiendo y ayuda a mamá a ponerse a la sombra, nos abraza y nos hace también a un lado. El corazón del humano está acelerado y mientras sus grandes manos tocan la cabeza de mamá puedo ver que algo le duele porque llora en silencio. Mamá le ha pedido que nos cuide y nos alimente y él la ha comprendido, no sé cómo lo ha logrado, pero estoy seguro que habla como nosotros.

Nos lleva a un sitio aparte y luego lo he visto llevarse a mamá a la sombra de un árbol para guardarla bajo la tierra, ahora mamá ya no tiene dolor, el humano le ha ayudado, pero de alguna manera el dolor se mudó a su corazón.

Nos ha dado de comer, nos abraza a todos, pero conmigo ha tenido un encuentro extraño —Eres fuerte y bastante bien plantado, ahora me toca cuidarlos— me ha dicho.

Observa a todos mis hermanos y algo platica con la humana dueña de la casa donde pasamos las noches con mamá. Me ha llevado a su casa y me cuida, me alimenta y me ha dejado dormir rodeado de juguetes, unas humanas pequeñas me han puesto moños, me cargan para hacerme dormir y no se ponen de acuerdo para ver quien me hará arruyará en cada siesta.

Han pasado algunos días y hoy por la mañana el humano a traído a mi hermana, ella es diferente, sobre todo porque sus ojos no son como los nuestros, tiene un gris en la mirada que nos pone nerviosos pero el humano la abraza y puedo escuchar cómo su corazón se acelera nuevamente, algo le dice de que conoce a otro humano que la amará como ninguno y ella sólo cierra los ojos y se deja querer... por cierto, sólo a estado unos días con nosotros y se la han llevado a otro sitio.

Los días han pasado, he corrido por todas las calles cercanas siempre con la mirada atenta de mi humano, he aprendido un juego divertido: hago lo que él pide y me gano un delicioso premio, pequeñito pero muy rico...él no sabe que lo que más disfruto es escuchar su corazón cuando está feliz porque golpea de forma diferente y sus ojos vuelve a brillar como cuando se encontraba con mamá.

He mordido los zapatos, los muebles, algunos de mis juguetes y he dejado marcas por todo este espacio que es nuestro, me falta besar su corazón para que sepa que él también es mío.

Cuando se retira por las mañanas siempre me quedo a esperarlo desde la puerta, observando en el agujero que tiene el portón metálico, esperando su regreso con la misma emoción del primer encuentro, él no se ha dado cuenta, pero es el ser que más amo, en algún momento puso su marca en lo más profundo de corazón.

Siempre espero con la mirada puesta hacia la misma calle donde todos los días lo veo regresar, identifico bien la hora de su regreso porque mi hambre comienza a hacer estragos y él siempre, siempre regresa con el aroma a flores que le rodea, con comida y con muchas sonrisas que son el alimento de mi corazón.

4 RABITO (CRUZ)

Mi primera tarea fue visitar a los cachorros y asegurar que estuvieran bien, me dolían las manos por entregar a la tierra a la valiente madre que amó la vida hasta el último segundo. Cargué a cada uno de ellos y me dispuse a verlos comer. Todos tenían pulgas, se veían llenos de tierra por dormir a la intemperie, pero poseían un apetito voraz.

Uno de ellos llamó mi atención, robusto, color caoba de ojos negros y con el hocico oscuro, le alcé a la altura de mi rostro y él movió la cola, desde ese momento supimos que escribiríamos una historia juntos. Pedí a la dueña que me dejara quedarme con él y de no muy buena gana aceptó, argumentando que ese ya estaba reservado para otra persona.

Me lo llevé a casa y le hicimos un lugar especial donde quedarse, pero una imagen no se apartaba de mi mente: la misma perrita que era relegada por sus hermanos cuando me visitaban con su madre y siepre estaba a unos cuantos metros de donde los otros comían. Cerré los ojos y vi de nueva cuenta los ojos de la madre y comprendí que debía regresar por ella. Esta vez no me pusieron resistencia, la dueña dijo con un tono que desprendía menosprecio —Llévela, de cualquier modo, no durará mucho. De esa historia hablaremos más adelante.

El cachorro que llevé a casa fue recibido con manos abiertas y corazón generoso, encontró comida caliente cada día, un lugar donde dormir que fue preparado por las manos de mis hijas y lo más interesante, tuvo afecto a manos llenas.

Mordió zapatos, escondió algunas cosas, hincó sus colmillos en los faldones de las camas, ladró a las hormigas, durmió como lirón y creció sin medida.

Le enseñé algunos trucos que aprendía con mucha facilidad, siempre esperando el premio a su esfuerzo. Creo que para él la vida se convirtió en un juego, descubrió que vivir feliz era su única misión. Aprendió a distinguir el grito del panadero y subía las escaleras a toda prisa para hacer un rito divertido y pedir que le compraran una pieza (el panadero ya lo conocía muy bien). El truco que mejor aprendió fue seguirme cuando afinaba la guitarra, entonces se echaba a mis pies escuchando atentamente, como si supiera cada frase, cada ritmo, siempre en completo silencio.

Su instinto le anunciaba cuando necesitaba de su proximidad y se mostraba generoso, tallaba su lomito por mis piernas y esperaba siempre una caricia con una señal que yo había visto antes: agachaba su hocico en muestra de gratitud. Con él crecieron mis ocupaciones porque debía destinarle tiempo para salir a las calles y mostrarle el pueblo, no puedo negar que me llenaba de orgullo llevarlo a mi lado y él caminaba erguido, sintiéndose amado y protegido.

Algunas veces nos acostamos juntos en el piso y él mordía mis manos y mi cabeza mientras movía su cola robusta hasta que el cansancio daba paso al sueño. Él era una fuente de paz inagotable, bastaba con abrazarlo y sentir su analgésica respiración para retomar el camino con nuevos bríos. Todos los espacios de la casa eran suyos, era un explorador incansable y sus ladridos dejaban ver que se estaba convirtiendo en un adulto. Escribiremos una historia juntos, porque él es especial y tengo el compromiso con su madre ausente de cuidarlo.

A mi regreso siempre llevo algo de comida para que pueda saciar su hambre interminable, él me responde con afecto, por eso me espera en la entrada, agazapado por horas observando hacia la calle, tiene la extraña habilidad de adivinar mi llegada segundos antes de que me tenga a la vista, se pone eufórico y comienza a dar ladridos cortos en señal de bienvenida.

Ojalá pudiera comprender que desde su llegada mi vida ha cambiado, cuando estamos juntos me olvido de las batallas diarias y él ha sido mi refugio, sería un error pensar que le he salvado porque en realidad él me rescata todos los días del acelerado tren de la vida y hace que valga la pena cada esfuezo.

Ha llenado de marcas cada rincón de la casa para señalar que este es su espacio y sus dominios, sin lugar a dudas la marca más profunda es la que ha puesto en mi corazón, hemos logrado sin palabras establecer un código de comunicación que nos hermana y los días se llenan de colores.

5 OJOS GRISES (CARA)

Me mantengo alejada de mis hermanos, aprendí que no puedo comer a la misma hora, debo esperar pacientemente a que queden satisfechos para comer, siempre tengo hambre. Mis hermanos evitan mirarme a la cara, no alcanzo a comprender a razón por la que me evitan, pero debe ser algo en mi cara que los molesta.

Siempre tengo hambre, pero con la llegada del humano siempre hay comida para todos. Él se encarga de traernos cada día comida y nos cuida. Se llevó a mi hermano a su casa, pero cuando se iba volvió la mirada y también observó algo en mi rostro, pero a él le gustó lo vio y eso me da mucha alegría.

—Regresaré por ti, preciosa. Ha dicho.

Ya pasa del medio día y la hora en que el humano llega se está acercando, lo sé por su inconfundible aroma a flores y el ruido que siempre lo acompaña. Ha abierto la puerta, puedo escucharlo hablar con alguien más y sus palabras suenan con mucha emoción. —Me la llevaré, dice visiblemente contento y me carga con sus enormes manos.

Estamos en su casa y me ha bañado, ha retirado unos molestos animalitos que estaban en mi cuerpo, me acerca a su rostro y dice —¡Qué ojos tan hermosos! A mi hijo le vas a encantar.

Mi vida ha cambiado, ahora estoy con mi nuevo

humano, es un cachorro también pero su corazón es igual al del humano de mamá, es generoso, alegre, responsable y me abraza todos los días. Crecemos juntos, ahora soy más grande y mi humano tiene una voz más profunda, ha duplicado su tamaño, pero su corazón sigue siendo el mismo.

Se ha ido, algo de visitar al doctor en otra ciudad fue lo que me dijo antes de irse. Han pasado muchos días, suena el timbre y creo que es él, duermo y escucho que me llama, solo espero que esté bien. Los días pasan muy lento, el problema se agrava en las noches porque siempre he dormido cerca de él. Algo no va bien porque se ha tardado mucho, pero tengo una camisa suya bajo mi cuerpo y su aroma me calma, nadie lo nota, pero mi corazón añora el suyo, mis ojos no lloran, pero en mi alma hay una tormenta.

Un buen día regresa y salgo a su encuentro, me abraza fuerte y dice muchas cosas hermosas. Mi hambre regresa y como de su mano. Me enseña muchos juegos y hago mi mayor esfuerzo por hablar como él, lo entiendo, hago lo que me pide y me da un delicioso bocado y un abrazo enorme.

Mi humano es especial, su corazón en transparente. Cuando está alegre siempre canta y jugamos en la calle, me lleva de paseo y mientras caminamos va hablando conmigo, aunque los otros humanos lo vean raro, a él parece no importarle.

Cuando las cosas no van bien su rostro no lo esconde, su voz se vuelve mesurada y sus latidos se aceleran, casi no jugamos y eso me preocupa. Yo sé cuándo está triste porque su corazón no miente, lo huelo, lo anticipo. Reconozco su gesto cuando necesita un apapacho para estar mejor, entonces me acerco, lo lamo, lo cuido y él se deja consentir: es mi cachorro.

Lo veo partir por las mañanas muy apresurado, lleva consgo una mochila y huele delicioso, yo sé que estará algunas horas fuera de casa y justo cuando el viento dela tarde comienza a barrer las calles él está a punto de regresar, entonces mi ocupo el lugar de siempre frente a la puerta observando la calle de donde siempre aparece apresurado, a nuestro encuentro comienza de nueva cuenta la diversión.

Algo me ha dicho que no tiene muchos amigos porque no confía en los humanos, por eso nos hemos convertido en una sola alma, él me alimenta el alma y yo busco llenar cada día su generoso corazón.

Siempre compartimos el viento de las tardes amarillas, con el canto de pájaros después de la lluvia me acerca a su rostro y algo me dice de una larga vida juntos y no entiendo mucho sus palabras, pero comprendo muy bien lo que su corazón expresa porque estamos conectados fuertemente.

Me cuida, lo cuido, me abraza y lo apapacho.

6 OJOS GRISES (CRUZ)

Luego de unos días no he podido apartar de mi cabeza los ojos grises de la cachorrita y su semblante tímido, ella se encuentra en desventaja. Su cuerpo es delgado y bastante alargado, tiene unas orejas enormes de color café que contrastan con su cara de color blanco, sin lugar a dudas lo más hermosamente raro son sus ojos de color azul grisáceo. Sos ojos cambian de color de acuerdo a la hora del día, por las mañanas predomina el color azul y cuando la luz del sol es más intensa el color gris llena su mirada.

Su imagen no me abandona y regreso a buscarla, platico con la vecina que los tiene y no me cuesta mucho convencerla para que me deje llevarla a casa, —Me la llevaré, he dicho y la sostengo entre las manos mientras veo sus ojos hermosos.

La he bañado y puedo advertir que tiene muchas pulgas porque dormía en el suelo. La llevo al veterinario, luego del tratamiento adecuando ha regresado limpia y con un aroma muy agradable, se muestra segura y muy contenta, parece otra.

Le he dado de comer y puedo notar que su apetito es voraz, sin duda crecerá mucho porque su cuerpo es larguirucho y lleno de energía, esta camada aprendió muy bien de mamá en poco tiempor porque al terminar de comer busca mis manos, agacha la cabeza en señal de gratitud y se dispone a dormir profundamente.

Luego de unos días en que ha recibido alimentos y mucha atención se la llevo a mi hijo que vive en otra ciudad y él la a recibido con mucho entusiasmo, sus ojos se han llenado de brillo y ella lo besa y mueve la cola con rapidez en señal de aceptación, ha sido una conexión inmediata. Su nuevo humano le acomoda un lugar para dormir, un plato donde comer y un recipiente donde beber agua. La abraza emocionado y le ha puesto un nombre: Maky.

Maky lo espera pacientemente cada día a que regrese de la escuela, lo llena de afecto y siempre está de buen humor para jugar. Se han enfrascado en la tarea de aprender trucos y sus ojos grises se muestran emocionados cuando aprende a cumplir una nueva instrucción.

Las cosas se han comlicado y mi hijo se ha ido a otra ciudad para recibir tratamiento médico, debe quedarse un mes y medio. Su primera preocupación ha sido Maky, ha dejado una lista de recomendaciones sobre sus cuidados y minutos antes de irse se la ha llevado al sitio que comparten siempre y la abraza mientras promete que el regreso será pronto.

Las primeras semanas Maky no muestra que lo extrañe, al menos por las mañanas. Por las noches siempre regresa al lugar donde ella y mi hijo platicaban y se queda atenta a cualquier ruido, cierra los ojos y se queda dormida. De vez en cuando la escucho lamentarse y sus aullidos cortitos irrumpen el silencio de la noche.

Han pasado muchos días, ella sólo quiere estar frente a la reja que da a la calle con la mirada atenta. Con cada auto que se detiene ella se pone de pie y aguza los sentidos esperando verlo, pero cuando descubre que no es su humano, entonces agacha la mirada y regresa a su puesto de vigilancia.

Con la tristeza que la espera le causa ha ido a buscar una camisa de su humano y se acuesta sobre ella, la huele a cada rato y se queda dormida con su nariz pegada a la prenda... ha dejado de comer, sólo bebe agua.

Se niega a permitir que le retiren la camisa y se apropia de ella, sus ojos grises se ven tristes y camina con la cabeza baja. Cuando llueve las cosas se complican porque no se anima con nada, se queda viendo la lluvia en el mismo lugar que lo hacía con su humano favorito, con la mirada fija en el horizonte, de vez en cuando suspira y se queda dormida.

Una tarde, la reja se abre y escucha una voz conocida, corre apresurada a la puerta para descubrir que la espera ha terminado y llena de caricias a su humano consentido. La felicidad regresa a su mirada, sus ojos ahora son color de cielo, se lanza sobre él, lo acaricia y lo lame mientras ladra emocionada, absorbe su aroma y no presta atención a nadie más. El apetito reaparece, su humano le da de comer y de beber.

Él se ha recostado sobre la pared y ella se queda entre sus piernas, pone su cabeza sobre sus rodillas y lo mira atenta, él le cuenta los pormenores del viaje mientras ella lo escucha con atención, pero sus ojos demuestran que algo muy importante le está diciendo a su humano favorito.

7 UNA MANADA ESPECIAL (CARA)

Este humano es especial, lo supe desde que aquella noche fría cuando me acurruqué a sus pies buscando calor y él me abrazó y me cubrió con su manta, su aroma era especial, olía a comida, a algo parecido a las marcas que los perros dejamos en cada esquina, pero con muchas horas de sol.

Algo me dijo casi dormido pero sus manos se afianzaron de mi cuerpo con calidez. Bajo su manta había otra sorpresa, yo no era el único, otros dos peluditos dormían con él. El más pequeño me acercó su hocico y me dio la bienvenida en tanto que el más grande quiso gruñir y mostrarme sus dientes, pero el humano le dijo algo y de inmediato se calmó. Esa noche fue la primera de muchas que compartí en la calle con este humano.

Los días siempre comienzan con una charla muy nutrida. Antes de que el sol caliente las calles el humano nos abraza y algo dice mientras revisa nuestras espaldas, acaricia a cada uno y canta una canción mientras recoge sus mantas. Siempre tiene algo de comida en un viejo bolso, algunas veces pan, galletas, una porción de pizza, un dulce, nunca sé que vamos a comer porque ese bolso es variadamente generoso.

Sin importar lo que hay para desayunar la regla siempre es la misma, primero reparte la comida y luego todos juntos comenzamos a comer, mi humano canta mientras come y levanta los brazos al cielo en señal de gratitud, no es como los otros humanos, él es especial, su corazón es calientito como su cuerpo y tiene una voz gastada por los años con un tono que todo lo calma.

Hoy vinieron otros humanos y querían llevárselo, pero nosotros luchamos con fuerza para que no sucediera. Todos visten igual y su auto hace mucho ruido, intentan pelear contra nosotros pero uno de ellos observa que que estamos determinados, entonces comienza a sonreír y convence a los otros para dejarnos en paz. Mi humano nos reúne de nueva cuenta y nos abraza mientras agradece a su manada.

A esta hora el frío de la madrugada es muy crudo. Luego del susto nos metemos bajo la manta y dormimos por turnos para cuidar su sueño.

Somos una manada reducida, pero nos cuidamos fuertemente, nuestra organización es impecable. El mas fuerte de nosotros camina unos metros adelante del humano con la nariz levantada para percibir los aromas y los riesgos. Unos pasos atrás caminan el humano y a su lado lleva al más pequeño de los tres que arrastra una patita por una vieja herida, el humano sabe de su dolor porque a cada cierto tiempo se detiene, lo carga y avanza, le soba su extremidad lastimada mientras algo reconfertante le dice al oído.

A mi me toca la retaguardia, siempre atento de los otros perros y de los otros humanos. He aprendido que no todos los humanos tienen los ojos puestos a su alrededor, muchos de ellos caminan con prisas, con una pantalla en las manos que les roba la atención de lo que les rodea, no perciben los sonidos tan fácilmente y a diferencia de nuestra manada no pueden ver el dolor de los demás, no pueden conocer la respiración de quienes se encuentran al borde del llanto, de quienes caminan con un nudo en la garganta, de quienes llevan pensamientos grises en la frente. Para nosotros es fácil saberlo, olemos el corazón de los humanos y sin temor puedo decir que hay más felicidad en el corazón de nuestro humano que de muchos otros que todo lo tienen, los que viven con prisas sin pensar en los demás, los que causan daño a sus semejantes y lo han hecho su forma de vida.

Nuestro humano es especial, caminamos mucho buscando comida, pero llevamos los bolsillos llenos de amor por la manada. A mi me inunda la alegría cuando él comparte con otros humanos lo que hemos conseguido, puedo percibir que justo en ese instante su corazón late con tal fuerza que termina en sonrisa en su rostro, por eso le seguimos, por su amor a los demás.

Mientras el frío de la madrugada se muestra inclemente nuestros corazones se vuelven uno solo bajo la manta. No hay noches frías para un corazón generoso.

8 UNA MANADA ESPECIAL (CRUZ)

A esta hora de la madrugada el frío es más intenso y mis viejos huesos lo resienten, en esta esquina por suerte el viento no llega con toda su fuerza. Llevo varias noches durmiendo en este sitio y por suerte no he tenido otro encuentro con los celosos policías que cuidan la ciudad. A esta hora siempre me acuerdo, como una ráfaga de felicidad, del enorme patio en que corrí con mis hermanos. Cierro los ojos y vuelvo a escuchar sus risas, nuestros juegos y a lo lejos reaparece en mi memoria la vaga imagen de mis amigos de infancia.

Ya no recuerdo nombres, sólo rostros, en los ásperos días en la calle he borrado muchos recuerdos, los he relegado en cada esquina, descubrí que es mejor vivir un día a la vez, libre de la pesada carga del pasado.

Bajo esta manta que alguien me regaló el calor es agradable, mis recuerdos se estiran y se van cada vez más lejos, me cuesta recordar como salí de casa porque me esfuerzo por olvidarlo, he causado mucho daño a quienes me amaron, pero la vida me ha dado el doble de sufrimiento, por eso olvido a propósito, para no llorar como sucede cuando la memoria me castiga.

Anoche en lo más frío de la madrugada un nuevo lomito se acercó a nosotros buscando calor, se aproxima con miedo a mis pies y su cuerpo tiembla. Lo invito a meterse bajo la manta, primero desconfía y hace intento de escapar, pero algo ha visto que le devuelve la confianza y acepta mi abrazo y duerme con nosotros. Otro lomito gruñe, pero lo he calmado diciendo—Tranquilo, también tiene frío.

Los guardianes del orden por enésima vez han querido llevarme por dormir en la calle, me han rodeado y entre gritos y ladridos todo transcurre con prisa, ellos no pueden acercarse demasiado porque la manada me protege. Luego de algunos minutos su arremetida se hace más violenta, he pedido a gritos que no los lastimen, que pueden llevarme si quieren pero que no les hagan daño, prefiero una noche en una celda que una herida a mi manada. Ha sido tan buena su defensa que los policías deciden irse entre risas.

Mi cuerpo se mantiene caliente, no sé cuánto tiempo llevan acompañando mis días y mis noches, he tenido tantos lomitos a mi lado y se han ido de pronto. A ellos si los recuerdo claramente, puedo citar a cada uno sin perder detalle.

Tuve a Rabito conmigo, su lealtad hizo que en muchas ocasiones durmiéramos juntos en una celda hasta que una vez no lo dejaron entrar conmigo y se apostó a esperarme en la calle, ahí lo encontré al día siguiente con el cuerpo frío, se había marchado para siempre, esperando mi salida.

Me buscan porque saben que soy uno de la manada, que disfruto su compañía y ellos son mi prioridad. Guardo siempre algo de comida conseguida durante el día porque cada mañana debemos iniciar el día con un desayuno en familia. Doy a cada uno una porción y comemos al mismo tiempo que agradezco al cielo la comida y su compañía.

Los días son más ligeros que las noches, salimos a

caminar y parece que se ponen de acuerdo, siempre van en la misma posición, el más osado va adelante con la cabeza erguida olisqueando por todas partes, conoce el camino por donde nos dan los mejores manjares. A mi lado viene flacucho con su patita lastimada, se cansa muy pronto por eso debo cargarlo de vez en cuando y a él le agrada.

Cuando conseguimos comida la compartimos con otros perros y otras personas que como nosotros viven en las calles y me llena de alegría poder compartir. Siempre que cambiamos de calles me encuentro con personas que al igual que mi manada llevan algo de dolor a la espalda, he visto llorar personas muy bien arregladas, con autos y vestidos lujosos y siento compasión por ellos, en ese instante descubro que gracias a mi manada mi corazón se encuentra protegido.

Al caer la somos una sola piel, puedo sentirlos respirar cerca de mí y su tranquilidad pone mi corazón a soñar.

9 TEMBLORES LEVES (CARA)

Él no quería mascotas en su casa, siempre fue excesivamente ordenado, los espacios abiertos son su lugar para descansar. Con el paso de los años su voz se vistió de calma y sus manos se quedaron con un temblor leve. Sus cachorros siempre lo visitan los fines de semana y se van por la tarde dejando que el silencio y la calma se asienten en su casa.

—A mi casa no entran perros— dijo tajante hace muchos años y no permitió la llegada de ninguno de los nuestros, su voz áspera y fuerte se hacía respetar, pero no sabía que la edad trae consigo un bálsamo que curte las mejores pieles. Un buen día su cachorra le propuso llevarle un compañero, ya le habían hablado de tener un perro en casa y al principio la idea no le agradó, conforme pasaron los días fue cambiando de opinión.

Hoy por la mañana han sucedido cosas muy especiales, me han puesto en una caja de cartón y me han pedido que guarde silencio, me pusieron un listón rojo en el cuello y mi pelaje huele raro, a esas cosas que se ponen los humanos cuando salen.

Le han cantado una canción a coro y el final escucho que aplauden y alguien sostiene la caja donde guardo silencio, una voz le dice

—Ábrelo, es tu regalo, estamos seguros que te va encantar.

El humano ha abierto la caja poco a poco y mis ojos se encuentran con los suyos, puedo apreciar que tiene muchas de las marcas que deja el tiempo y poco a poco me ha sacado con mucho cuidado y con el corazón latiendo acelerado. Sus manos son cálidas y de tamaño regular, pero distingo un temblor leve en ellas. Su voz se escucha ahora emocionada y me abraza prometiendo que vamos a ser buenos amigos.

Luego de algunas horas sus cachorros se han ido y mi humano me lleva a un sitio que ha improvisado para dormir, muy cerca de donde él descansa, me ha dado indicaciones raras y me acerca un poco de agua, yo muerdo sus pequeñas manos y el temblor en ellas se vuelve leve, él se ha dado cuenta y sus ojos muestran asombro.

Por las mañanas caminamos juntos por el patio, él riega las plantas y yo exploro cada rincón de casa, siempre buscando, de vez en cuando comienzo a escarbar y él sonríe mientras sigue trabajando—Vas a salir en China— me ha dicho.

Los días son diferentes, ahora la alegría se apodera de su corazón, puedo percibirlo porque su mirada brilla y se mueve ágilmente por toda la casa. Me alimenta todos los días, me cuida y algo platica conmigo cuando el solo comienza a caer en su sueño anaranjado.

Un buen día me sorprende jugando a las escondidas, él se esconde y me llama, debo encontrarlo para asegurarme su abrazo y su sonrisa. Sus manos tiemblan menos y su rostro es más sereno. Caminamos por las calles y me presume con orgullo, puedo sentirlo, olfateo su felicidad, cuando encontramos otro peludo me muestro orgulloso también porque quiero que cada perro tenga un humano como el mío

Nuestros días han cambiado, cuando sus cachorros vienen a visitarlo no habla de otra cosa que de nuestros juegos y eso me llena de alegría. No hay mas silencio en casa, ahora se mezclan ladridos y sonrisas, abrazos y largas siestas, charlas interminables en el idioma del corazón.

Él no lo sabe, pero yo también estaba sólo, vi el paso de los días desde un lugar en donde éramos muchos, algunas veces los humanos se llevaron a alguno de nosotros, pero fui de los últimos en salir. Muchas noches de lluvia me quedé sólo, esperando que alguien como él apareciera para ilumibnar mi vida, hasta que su cachorra apareció y me trajo a casa.

Él no lo sabe, pero yo estaba destinado a calmar el movimiento de sus manos sus manos, porque ese temblor que advierte en ellas es el mismo que en noches de silencio sacudieron mi corazón.

10 TEMBLORES LEVES (CRUZ)

Papá siempre fue especial, su carácter es producto de muchos años de responsabilidades, desde muy joven comenzó a trabajar y siempre fuimos su prioridad. Cuando éramos niños alguna vez quise tener un perrito como mascota, pero a él no le agradó la idea...—Son una responsabilidad— dijo, y todos le dimos la razón, aunque nuestro corazón ansiaba un lomito en casa.

Muchos años han pasado, desde que mamá se adelantó él se quedó solo, se volvió más callado que antes, pero comenzó a dar muestras de interés por otras cosas y un leve temblor de manos se quedó con él.

Ahora dedica muchas horas a sus plantas, le gusta escuchar música y siempre anda en busca de alguna tarea que le ayude a mantenerse activo. Juega con sus nietos, los abraza con mucho afecto y se ha vuelto sobreprotector, no permite los regañen en su presencia, se divierte enseñándoles los nombres de las plantas y para qué sirven.

He hablado con él respecto a tener un perro en casa y deja de lado lo que está haciendo para decirme con un tono sosegado

—Son una responsabilidad, pero creo que podré con eso.

Finalmente ha aceptado la idea de tener una mascota en casa, que le ayude a no estar tan solo, lo visitamos los fines de semana, pero siempre a la hora de partir pienso en él con un poco de preocupación.

Su cumpleaños es hoy y hemos buscado por todos lados un perrito para dárselo como regalo, la única condición que puso es que viniera de un refugio, —Ellos necesitan afecto—dijo.

Nos dimos a la tarea de buscar, vimos cada rostro y todos, absolutamente todos tenían amor de sobra en la mirada, pero papá necesita un perro de talla pequeña para no ponerlo en riesgo. Una carita llena de pelos con un parche color café en el ojo nos ha convencido, en cuanto nos acercamos a él mueve la cola con ansiedad y lame nuestras manos —Lleva mucho tiempo aquí, parece que no ha tenido la misma suerte que los otros— ha dicho el administrador del refugio. Eso ha cambiado a partir de hoy.

Lo hemos puesto en una caja de cartón y le hemos atado una cinta roja al cuello con la leyenda ¡FELIZ CUMPLEAÑOS PAPÁ! No creo que nos entienda, pero le hemos pedido no hacer ruido para que no delate su presencia. Luego de cantar la canción de cumpleaños le hemos entregado su regalo a papá, sus manos temblorosas abren la caja y el encuentro es música, magia, estallido de colores porque papá tiene luz en la mirada y el lomito no deja de besarle las manos y el rostro, dando ladridos cortos y moviendo la cola con fuerza.

La soledad se ha marchado de casa. Ahora hacen todo juntos, comen a la misma hora, papá arregla sus plantas y su compañero explora por todos los rincones, salen a la calle juntos y los vecinos se han acostumbrado a ellos. Mi padre siempre lleva croquetas cuando van de paseo porque le gusta compartir con otros perritos de la calle

—Todos merecen un poco de amor por eso compartimos— dice mientras vuelve a llenar la bolsa de croquetas antes de salir.

Su vida ha cambiado, ya no hay más silencios ni espacios exclusivos, ahora se tienen el uno al otro, las tardes son diferentes, los vecinos comienzan a acostumbrarse a escuchar a papá hablándole a su compañero.

Papá tiene ahora una mirada transparente, llena de afecto y Sus manos son el testigo fiel de una vida en calma, cuando tiene a su amigo en su regazo puedo advertir una conexión muy fuerte, pero lo más asombroso es que sus manos han encontrado la calma, ahora sus temblores son casi imperceptibles.

11 CONTIGO HASTA EL FINAL (CARA)

¡Algo pasa, estoy seguro que algo le sucede a mi humano y no me dejan verlo! Lo supe desde esta mañana en que su voz se escuchaba diferente, sin la fuerza y la alegría de siempre. Me puse a olerlo por todas partes y estoy seguro que algo estaba por suceder, quise alertarlo, pero no supo descifrarlo. Me dediqué a seguirlo a todos lados y no lo dejé solo ni un instante.

Lo vi llorar profundamente, en silencio, tenía las manos cubriendo su rostro y las separaba únicamente para acariciar mi espalda, no hizo caso cuando intenté jugar a la pelota como siempre lo hacemos, tampoco aceptó luchar conmigo y eso si fue preocupante. Hemos estado solos muchos días y no fue sino hasta hace poco que le noté diferente, con la mirada extraviada, como si viera algo a lo lejos o quiera hablar con el pensamiento.

A pesar que estuvo triste muchos días siempre se preocupó por mi comida, siempre a la misma hora y con afecto, me veía comer sentado a mi lado como siempre lo hace, pero su respiración era diferente ¡Debí ladrarle al oído que ese nudo en su garganta no era bueno! ese dolor sólo se disfraza un poco cuando otros humanos vienen a verlo, entonces platican, sonríen, se dan la mano como lo hacen los humanos y se despiden.

Al cerrarse la puerta comienza de nuevo a enroscarse el nudo en su garganta. Yo hago mis mejores esfuerzos por hacerme notar, pero no he logrado mucho ¿No sabrá que desde que estamos juntos su dolor también es mío?

Un auto extraño que hace mucho ruido se lo la llevado, he corrido muchas calles tras él, estoy cansado, pero necesito verlo, deben dejarme entrar, lo he intentado por todas las puertas disponibles, pero no me lo han permitido, seguiré buscando por todos lados una forma de llegar hasta él.

El humano que está en la puerta de cristal no me deja entrar y amenaza con golpearme cada vez que me acerco. Mi humano me necesita, lo supe desde que lo encontré dormido en el piso de la casa cun una respiración muy débil, por eso salí a ladrar a los vecinos hasta que uno de ellos me ha seguido y pude señalarle donde estaba dormido para que le ayudara.

No sé que voy a hacer si no regresa a casa porque mi corazón y el suyo son uno solo, hemos estado juntos desde que yo era muy pequeño, nos hemos cuidado todos los días desde entonces y a pesar que le advertí que algo raro estaba sucediendo y que en su garganta siempre había un nudo amargo no quiso escucharme.

Busqué por todos los medios hacerme entender, pero parece que su tristeza era más grande. Lleva muchos días sin comer, solo bebe agua y se queda viendo algo muy lejano.

Un humano se acerca a mí, es el vecino, me ha dado agua y he bebido abundantemente. Me dice algo que no comprendo, pero se que es algo bueno por su semblante. Me toma en sus manos y entonces se abre la puerta de cristal, mi humano viene acostado en una cama con ruedas empujado por otros y está muy quietecito, eso me preocupa.

Doy un salto y antes que puedan impedirlo ya estoy con él, tiene una máscara rara en la cara, dicen que es para que pueda respirar, yo quiero lamerlo porque mi presencia le hace bien, busco la forma de hacerme notar para decirle que estoy con él, que siempre estaré a su lado y lo necesito conmigo.

Hay mucho ruido a mi alrededor, pero me concentro en la voz de mi humano, quiero verme en sus ojos para saber que está bien. Escucho atentamente sus latidos y se perciben tranquilos, débiles, pero en calma. Acomodo mi cuerpo junto al suyo y le digo con el corazón que estaré con él hasta el último de mis días.

Mueve su mano y la ha puesto sobre mi cara yo lo lamo con mucha alegría y pego mi rostro en su costado. —Vamos a estar bien— me dice, y yo deseo con todo el corazón que así sea.

AMORES DE LA CALLE

12 CONTIGO HASTA EL FINAL (CRUZ)

Nada es como ayer, muchas cosas han cambiado desde que comencé a sentir este sabor amargo en mi garganta, siento unas ganas inmensas de llorar todo el tiempo, mis pies cansados y mi corazón navega en medio de una tormenta.

Hace muchos años que no sentía lo mismo, no había vuelto a quedarme noches enteras sin dormir y con el alma en tempestad. Siempre he luchado contra este fantasma de la soledad que me hunde su espada sin piedad y pese a todos mis intentos siempre regreso a este estado.

—Es un severo cuadro de depresión— han dicho los doctores.

Busco siempre la manera de ocupar mis pensamientos en cosas agradables, pero todo es inútil. Hoy por la mañana he sentido finalmente derrumbarme y el llanto se apodera de mi.

En el momento más aciago se ha acercado mi perro, ha puesto su cuerpo junto al mío y me lame las manos buscando que descubra mi rostro, parece entender que lo necesito. Su lealtad me conforta y veo con asombro que trae su pelota buscando iniciar el juego de cada mañana, presiento que esta vez no es por divertirse sino por sacarme de este trance amargo, luego me muerde las manos, gira por completo y ladra, esa es la señal para iniciar una lucha cuerpo a cuerpo, pero mi corazón me lleva lejos, lo acaricio y le agradezco.

Él se ha quedado conmigo desde que decidí estar solo y su presencia me hace sentir que alguien me necesita por eso sin importar este nudo en mis emociones siempre le procuro comida a tiempo y agua abundante, me quedo a su lado mientras come para hacerle sentir que es parte de mi vida.

Hoy recibí la visita de un amigo, platicamos del trabajo y de otras cosas por largo tiempo, luego llega el tiempo de la despedida y al cerrar la puerta la tempestad en mi corazón regresa ¡Estas ganas de llorar no me abandonan!

Mi cuerpo finalmente se ha rendido, muchos días sin comer de forma regular y dormir poco finalmente me pasan la factura y un sueño largo me visita, todo comienza a girar primero de forma lenta y poco a poco va ganado velocidad hasta sentir que me hundo en un abismo profundo.

La última parte de cordura que me queda se preocupa por él, porque me necesita para vivir y yo lo necesito para levantarme siempre, él ha sido mi fortaleza todos estos años.

Escucho a lo lejos sus ladridos, observo que sale de casa de forma apresurada pero no puedo ir por él. Luego regresa con alguien más. Me han llevado al hospital cercano, me siento muy débil pero no he dejado de preguntar por él, me han dicho que se quedó en casa.

Mi corazón me dice que él me necesita por eso insisto en que deben ver como se encuentra, pero la ambulancia se mueve a toda prisa, no sé cuántas calles hemos avanzado, cada que me alejo la necesidad de estar con él se vuelve más fuerte.

Han dicho que me van a trasladar a otra parte y las

luces del pasillo pasan a prisa por mi rostro, no hago otra cosa que preguntar por él, mi vecino me ha dicho que no pudieron detenerlo y vino siguiendo la ambulancia atravesando la ciudad. ¡Una lección de lealtad y de amor! Eso es lo que me ha dado.

Dice el personal médico que ha estado en la puerta hace mucho rato buscando entrar a toda costa, por eso han abogado para permitirle estar conmigo. Apenas asoma la camilla fuera del hospital y él ha dado un salto para caer sobre mi con el corazón agitado y la respiración aentrecortada, alguien quiere separarlo de mi, pero escucho al doctor decir —Dejen que nos acompañe, ellos se necesitan.

Mi mano busca su rostro y se deja acariciar, da unos ladridos pequeños mientras lame mis manos y puedo comprender lo que trata de decirme, él se ha pegado a mi costado, lo escucho gemir mientras mueve la cola y me lame las manos —Tranquilo, vamos a estar bien, estaré contigo hasta el final.

13 UNA VIDA DIFERENTE (CARA)

No recuerdo muy bien cuando fue porque tiene mucho tiempo, pero mi humano una mañana me dejó en la calle atado a un poste, dijo que no tardaría y algo debió sucederle porque no regresó mas, alguien me liberó ya muy entrada la tarde y luego vinieron muchos días con hambre y con frío, peleas por territorios con otros perros y tuve que adaptarme a mi nueva vida.

Nada ha sido fácil desde entonces, cada día era una lucha por sobrevivir, buscar comida permanentemente, robarla algunas veces, beber agua de las fuentes en la ciudad, depender del corazón de los buenos humanos porque aunque la vida en la ciudad es una jauría por fortuna existen los buenos.

Muchos días estuve durmiendo en las calles y mi mejor edad se tejió entre las avenidas de esta parte de la ciudad que conozco ampliamente, he aprendido a distinguir la hora de la comida y a qué lugar llegan los humanos que comparten con nosotros, sólo basta con esperar pacientemente y una mano generosa nos dará de comer.

También he aprendido a distinguir a aquellos que guardan algo oscuro en su alma, los que siempre van de prisa, los que hablan solos porque nadie los escucha, los que siempre encuentran algo que les desagrada en todas partes, es mejor no estar al alcance de sus pies porque lo que ofrecen no es agradable, aún conservo secuelas de una vieja herida causada en mi patita por uno de ellos y cada día al caminar el dolor me recuerda que debo mantenerme alejado.

Me siento cansado, ahora no puedo pelear por la comida ni por los espacios con los otros perros, por eso no pude ofrecer resistencia cuando dos humanos me trajeron al sitio que cambió mi vida.

Descubrí con emoción que no estaba solo, en este refugio éramos varios, cada uno en un espacio limpio y con comida, agua y techo seguro pero mi corazón ansiaba otro alimento, necesitaba sentirme amado, saber que alguien más me necesitaba a su lado para ser feliz porque mi corazón estaba a la mitad.

Cuando un humano llegaba al refugio todos mostrábamos nuestra mejor actitud para convencerlos de sacarnos de aquí. Siempre buscaban a los más jóvenes y eso me dejaba fuera de la elección.

Cuando uno de nosotros se retiraba todos veíamos con nostalgia su partida deseándole una buena vida. Pasaron muchos días y luego de no ser elegido en muchas ocasiones dejé de mostrar interés en la llegada de los humanos hasta que llegó ella y escribió una nueva historia para mí.

Escuché su voz agradable entrando al refugio y todos comenzaron a ladrar llamando su atención, ella vio a cada uno y les hizo una caricia, cuando pasó a mi sitio su mirada brilló de forma especial, yo estaba acostado al fondo y otro humano le dijo—Está muy viejo, lo pondremos a dormir.

Yo no comprendía muy bien aquella frase, pero algo movió en mi humana que de inmediato pidió llevarme a casa. Me bañó, me alimentó y viéndome al rostro dijo— Bienvenido a casa, mereces lo mejor.

A partir de ese día mi humana me cuida, se preocupa por mi comida y aunque ya estoy cansado como para jugar con ella la sigo a todas partes porque mi mejor refugio es su corazón perruno, la he visto abrazarme y llorar, hablarme cosas que no comprendo, pero siento que su corazón dice cosas hermosas.

Ella se preocupa porque cada día sea mejor que el anterior, me llena de cuidados y continuamente me lleva al médico (visitarlo no es agradable, pero es necesario, eso ha dicho). Los mejores días de mi vida han pasado junto a ella, he vuelto a creer en los humanos buenos gracias a su corazón generoso

—El que te dejó en la calle no sabe cuánto amor perdió— me dijo un día

Yo quise decirle que ella tiene la otra mitad de mi corazón en sus manos, por eso no siento más temor, el dolor poco a poco se esfuma, ella me sostiene entre sus manos y la veo llorar mientras me duermo, siento su abrazo y mi gratitud es inmesa.

14 UNA VIDA DIFERENTE (CRUZ)

—¡Kenia, te he dicho que no quiero otro perro! He escuchado decir a mamá con cierto grado de molestia.

Sabe de sobra que siempre tengo los ojos puestos en los peluditos. En mi mochila de la escuela siempre llevo croquetas y un bote de agua para compartir con los que están en la calle. Nunca he podido ser indiferente a su abandono, algo en nuestra especie debe estar atrofiado, de otro modo no concibo tanta indiferencia al dolor ajeno.

Mi madre dice que los animales también sienten y por eso debemos cuidarlos, pero que su corazón es más grande que su casa y ya no cabe uno más.

No creo que seamos los humanos merecedores de tanta lealtad y tanto amor. A donde quiera que volteo la mirada me encuentro con uno de ellos, siempre están buscando dos cosas: alimento y cariño y en ambos casos no siempre tienen éxito.

He visto lomitos esperando comida en las afueras de los sitios de comida y muy pocas veces son compensados con alimentos, normalmente los corren para que no den mal aspecto, ellos no se dan cuenta pero su corazón es miope porque somos los humanos quienes damos mal aspecto por tanta indiferencia al dolor ajeno.

Hay perros de muchas razas, algunos mas aceptados que otros, todos son bellos pero sin lugar a dudas nuestro afecto debe enfocarse al sitio donde nos necesitan por eso siempre busco a los de la calle para darles agua y alimento. Los de la cuadra ya me conocen y se acercan con mucha confianza cuando me ven llegar, saben que siempre son bien recibidos. He tenido muchos de ellos en casa, los he alimentado y llenado de cariño y les he buscado entre mis amistades un hogar, cuidando sue realmente que merezca el amor inmeso que los perros puden darnos, por eso mamá me ha dicho que ni uno más.

Hoy decidí ir al refugio para conocer a los peluditos que más nos necesitan y conforme avanzo en cada espacio puedo ver la alegría con que me observan, como pidiendo a gritos ir conmigo.

Un perrito blanco y regordete me atrae, es bastante activo y gira sobre su cuerpo para llamar mi atención. Hay uno con una macha en la espalda en forma de corazón, es hermoso y parece muy tranquilo, luego uno de color negro con la mirada vivaz que ladra como para advertirme de su presencia.

Mis ojos se detienen en uno de ellos, es el único que no hace nada, solo se queda echado al fondo de su jaula, me mira tímidamente y agacha la mirada para seguir recostado viendo a la pared. —lo pondremos a dormir— ha dicho el encargado y mi corazón se nubla

¡Es él quien más me necesita! Pido llevarlo a casa y el responsable del refugio me advierte que es una responsabilidad muy grande por su edad, pero eso no me detiene porque entre todos es él quien más me necesita.

He convencido a mamá de tenerlo en casa —Tu corazón es mas grande que esta casa— me dice resignada acariciando mi cabello. Lo he llevado al doctor, le he procurado alimentos, agua y afecto a manos llenas, quiero convencerlo que aún puede confiar en los humanos, que no todos somos igual al que lo dejó en la calle expuesto, sin dudarlo es un tonto que no sabe cuánto amor se ha perdido.

Hace días que lo noto diferente, las energías poco a poco lo abandonan, estoy más pendiente que nuca de él, quiero que cada segundo cuente, que sienta lo mismo que yo quiero demostrarle, que estamos unidos por la magia del amor.

Luego de unos meses el momento ha llegado, hoy mi corazón es un cristal a punto de romperse en llanto —Hay que ponerlo a dormir— ha dicho el veterinario, pero me niego a perderlo, estoy dispuesta a hacerlo feliz hasta el último segundo, por eso no quiero que sufra más.

—Te amaré por siempre, no lo olvides— le digo mientras acaricio su rostro

Él se ha quedado dormido en mis brazos, observo cada uno de sus gestos para asegurarme que está bien, él suspira y vuelve a acomodarse, sé que algo trata de decirme lo noto en por la tranquilidad en su rostro, el temor se ha esfumado.

AMORES DE LA CALLE

15 PERDIDO (CARA)

Alguien dejó la puerta abierta y salí a explorar lo que había afuera, seguí muchos aromas y uno de ellos me pareció interesante. Mi humano siempre me cuida al salir, caminamos por largas horas y cuando estoy muy casado siempre hace lo mismo, me carga entre sus brazos, me ofrece agua y mientras bebo él dice—Agua que se incendia Roma— no sé lo que significa, pero él lo dice con mucha gracia y para compensar su alegría siempre giro tres veces sobre mis patitas.

Mi humano me lleva regularmente a cortar mi pelaje, le gusta verme bien y yo lo agradezco porque hace mucho calor y puedo dormir siestas por largas horas cuando siento en mi piel el aire fresco que viene de las montañas.

Afuera estaba este aroma atractivo y lo seguí quien sabe cuántas cuadras, cuando quise regresar me encontré en medio de ruidos de motores y el andar de los humanos. Yo no había tenido la oportunidad de convivir con muchos de ellos y creí que todos eran como mi humano, por eso acepté acercarme al primero que me tendió la mano.

Me ha puesto una correa muy ceñida al cuello y me aleja cada vez más de casa, estoy seguro que a esta hora ya me deben estar buscando.

De un día a otro mi vida ha cambiado, pasé de dormir en un sitio cálido a dormir fuera de la casa y he sentido por primera vez el frío intenso de la madrugada. De no ser por los otros cachorros que duermen junto a mí la noche sería más desagradable. Comemos una sola vez al día y siempre lo mismo, no hay oportunidad de comer algo diferente. Lo más desagradable viene cuando tenemos que hacer el ejercicio que el humano nos pide.

Brincamos sobre su cuerpo, damos vueltas, jugamos con una pelota y debemos hacerlo siempre de la misma manera porque de lo contrario hay castigo y no es algo deseable. Ayer uno de nosotros no hizo su acto de forma correcta y se ha lastimado en el salto, su patita le duele, pero debe seguir las indicaciones del humano.

Siempre salimos a la misma hora, por la tarde casi entrando la noche nos presentamos en un sitio donde se dan cita muchos humanos, entonces hacemos cada uno de los trucos que hemos aprendido y todo parece felicidad.

No sé cuántas noches llevo haciendo lo mismo, mi pelaje ahora es largo, me dificulta ver con claridad y en algunas partes lo siento como si trajera cargando una goma de mascar pegada al cuerpo. Muchos humanos pasan por este lugar y todos parecen llevar prisa sólo se detienen unos minutos, aplauden, dan algunas monedas y se retiran.

Lo único que salva cada noche es la mirada de los niños, puedo ver el asombro en sus gestos y hago mi acto lo mejor posible, hoy estoy muy cansado, pero debo continuar si quiero ganarme la comida. Esta noche entre todos los humanos puedo ver a alguien que me observa atentamente, no pierde mis movimientos y parece muy interesado, se me dificulta olerlo porque su aroma se confunde entre muchas personas y él está en la parte externa del círculo que nos rodea.

Poco a poco se ha abierto paso y trae en las manos un

bote con agua, yo tengo mucha sed y escapo un momento para pedirle agua, él se ha agachado y pone su mano bajo mi barbilla y mientras bebo observo atentamente sus ojos…— Agua que se incendia Roma— ha dicho con voz entrecortada y mirándome a los ojos.

Yo acerco temerosamente mi nariz para identificarlo y su aroma a montes verdes es inconfundible

¡Es él, es mi humano! Me abraza y se sienta en el suelo para llenarme de besos, me dice muchas cosas, la gente lo rodea, el otro humano molesto pide que me regrese, pero mi humano no acepta y luego de muchas palabras finalmente me deja con mi primer humano.

Hoy despierto en casa, me siento seguro y amado, no sé cuanto tiempo estuve fuera, pero de algo estoy convencido, un día salí de casa, pero jamás de su corazón.

No lo había visto tan emocionado como hoy, estamos en mitad de un parque y no deja de abrazarme, con u amor ha borrado el dolor en mi cuello causado por la cuerda que he llevado por tanto tiempo y aunque no comprendo sus palabras puedo leer su corazón, sé que igual que yo está feliz de habernos encontrado, volvemos a ser una manada… nuestra manada.

16 PERDIDO (CRUZ)

Hoy es uno de los perores días de mi vida, no sé en que momento se salió de casa, alguien cometió el error de dejar la puerta abierta y se ha ido, lo preocupante es que él no conoce la ciudad. Al regresar del trabajo me he dado cuenta que no está en casa, he preguntado con todos los vecinos y nadie tiene información. He caminado muchas horas buscándole por las calles aledañas, he entrado a otros barrios buscando y esperando verlo en algún sitio. A esta hora me duelen las piernas, pero no dejaré una sola calle sin visitar.

Han pasado algunos días y en casa su cama está igual como la dejó la última vez, no he querido mover nada porque estoy seguro que regresará, mi corazón se aferra a la esperanza de volver a tenerlo entre mis manos. Inicié una campaña de búsqueda en mis redes sociales, he pegado volantes en las calles más concurridas ofreciendo recompensa a quien me lo devuelva, pero nada he conseguido.

Por las tardes de lluvia es cuando su ausencia duele más porque fue una tarde de lluvia cuando lo encontré temblando de frío bajo el ala de un tejado, estaba muy pequeño. Creo que nació en condición de calle y se separó de su manada y eso casi le cuesta la vida.

Lo traje a casa y le di un lugar cálido, alimentos y mucho cariño. En esa parte de mi vida mi corazón estaba roto luego de terminar una relación de muchos años. Mi soledad y la suya quedaron en el olvido porque nos dimos afecto a partir de entonces.

AMORES DE LA CALLE

Nunca antes tuve un perro, fui aprendiendo poco a poco sobre los cuidados que necesitan y siempre he procurado que él disfrute su estancia a mi lado, decidí cortar su pelaje porque en esta parte del mundo hace calor y él lo agradece, ha dejado de respirar rápido para liberar calor y ahora sus siestas son profundas. No hay un día en que deje de pensarle, donde quiera que voy pongo mi atención en los callejeritos con la esperanza de verle nuevamente, pero nada he conseguido.

Hoy es un día triste, debo irme a vivir a otra ciudad por cuestiones de trabajo y justo cuando empaco mi corazón se desmorona al recoger lo fue suyo, sus juguetes, su cama, el bebedero y su correa de salir a caminar. Aunque ha pasado algún tiempo su ausencia duele, siempre pienso que por mi descuido regresó a la condición en la que lo encontré y me mortifica pensar que en algún lugar estará pasando frío y hambre.

Recorro la ciudad para familiarizarme con ella, veo con agrado calles limpias y aire agradable como augurio de una buena estadía, me llama la atención un grupo de personas reunidas y muchos niños riendo felizmente, decido acercarme y con agrado descubro que se trata de un acto con tres agradables perritos. Un hombre con aspecto de capataz les habla con firmeza y ellos obedecen.

Me llama la atención un perrito lleno de pelos en la cara que hace sus actos con mucha energía, noto de inmediato que tiene sed y le llamo para darle de beber. La memoria me asalta la razón y como un arco reflejo pongo mi mano en su barbilla para darle agua y digo —Agua, que se incendia Roma.

Él me ve con ojos atentos, duda un instante y luego gira tres veces ladrando inconteniblemente. ¡Es él, lo he encontrado nuevamente!

Lo lleno de abrazos y el lame mi rostro mientras gime de alegría, a esta hora no es tan importante lo que la gente piensa y disfruto abrazarlo desde este sitio en la plaza central, sentado en plena plaza y feliz como un niño abriendo un regalo en navidad, pero esta vez la emoción es doble y ambos sabemos cuántas noches deseamos este encuentro. Es momento de llevarlo a casa y me dispongo a recuperarlo con mucha valentía.

El hombre que los guía tiene la contrariedad dibujada en el rostro se acerca de forma no muy agradable, exige que le deuelva a su estrella del acto circence señalando que no se lo robó a nadie y en esto tiene razón, él dice que le pertenece y en ese punto está equivocado.

Luego de platicar durante mucho rato con las pasiones desbordadas hemos encontrado un punto de acuerdo: él se queda con mi dinero y yo regreso a casa con mi más grande tesoro.

Estamos de nuevo en casa, la vida es generosa y me da una nueva oportunidad de amar, me ha regresado la parte del corazón que me faltaba.

17 LA ABUELA (CARA)

Tengo la enorme fortuna de haberme encontrado a esa humana aquella tarde lluviosa, no sé que habría pasado conmigo de no ser por ella, otro de los nuestros me había lastimado tan solo por acercarme a olerlo, venía de algún sitio donde hay mucha comida (lo supe porque estaba pasado de kilos), traía una cadena al cuello y un aspecto hosco.

Su humano, que era tan malo como él, no quiso detenerlo a tiempo y lastimó mi cuerpo. Luego de unas horas ella me encontró y se acercó sin miedo, sabía que no iba a lastimarla y que necesitaba ayuda.

Me llevó a su casa y pacientemente curó mis heridas, me dio de comer y me procuró un lugar para vivir, nunca más estaría en la calle. Días después la vi emocionada mientras arreglaba su bolso para salir y una caja adornada con flores y hermoso moño de color rosa, no sabía que iba a ocurrir, pero mi corazón me decía que era algo muy bueno porque su felicidad la podía respirar en cada poro de su piel.

Con mucho cuidado me colocó en la caja y dijo con entusiasmo —¡Le vas a encantar, estoy segura que se llevarán muy bien! Me subió al auto y nos dirigimos al que sería mi nuevo hogar. Luego de un rato llegamos, ella abrió la puerta con mucha confianza y dijo algo que estoy segura me anunciaba porque su voz estaba emocionada y no dejaba de mirarme.

Desde el fondo pude escuchar una voz emocionada que no dejaba de repetir con emoción palabras de asombro mientras apretujaba mi cuerpo con mucho afecto. Mi corazón supo desde ese momento que aquella humana que olía a hierbas verdes y yo estábamos destinadas a construir una hermosa historia.

Por las mañanas mi única preocupación era salir al patio y dejar allá mis aromas, pero siempre elegí el macetero con aquellas flores blancas para marcar territorio, aquí era el punto donde comenzaba mi felicidad porque mi humana olía igual que aquellas flores.

Su piel tenía muchas marcas, en su mirada se podía adivinar su estado de ánimo porque le hacían coro a todas sus emociones. Cuando estaba contenta su mirada era vivaz y tenía un brillo especial. Cuando por las tardes sus labores habían concluido su mirada era tranquila y siempre se quedaba viendo al ocaso desde aquella mecedora en donde reposaba a sus anchas teniéndome siempre a su lado.

Las tardes son las más amenas porque podemos ver al horizonte y cuidarnos mutuamente, algunas veces platica conmigo, yo creo que me cuenta cosas de sus días pasados porque termina riendo mientras acaricia mi cabeza, hay ocasiones en las que le gana el silencio, su respiración se agita, sus latidos se vuelven insistentes y puedo sentir el nudo que se hace en su garganta, entonces soy yo quien se para y lame sus cálidas manos.

En casa no hay más que nosotras, cuando cocina sigo sus pasos a todos lados, la casa se llena de aromas deliciosos, la otra noche parece que no podía dormir, escuché sus pasos y fui a buscarla, la encontré en su mecedora viendo la noche con el corazón estrujado, ella no lo sabe aún pero puedo leer su alma, su corazón habla con el mío y puedo incluso anticiparla.

"Abuela" así le llaman los otros humanos que vienen a visitarla y a ella le agrada que le llamen de ese modo, abraza a los pequeños, pero siempre me tiene junto a ella. Ahora estoy pendiente de sus movimientos porque he comenzado a ver que se vuelven más lentos, su voz es más quedita y su corazón se ha vuelto un mar de ternura.

Ella necesita sentirse protegida y en esta manada nos cuidamos mutuamente. Siempre estoy atenta, sobre todo cuando llaman a la puerta, me asomo para ver de quien se trata y pongo todos mis sentidos a cuidarla. En este momento, luego una mañana llena de labores ha decidido platicar con el sol de la tarde, ella tiene el poder de comunicarse con las aves, con las nubes, el viento y los árboles. Por eso sé exactamente lo que su corazón dice.

AMORES DE LA CALLE

18 LA ABUELA (CRUZ)

Cuando papá se nos adelantó a mamá le costó mucho adaptarse a su nueva forma de vida, la soledad le calaba en lo más hondo y su salud estaba en riesgo. Por las mañanas se encargaba de sus plantas y de su casa, pero por las tardes su vida se volvía una tormenta de recuerdos que terminada por hacer sus días grises.

Buscamos de muchas maneras traerla a casa o quedarnos con ella por las tardes para que no se sintiera sola, pero terminó por pedirnos que la dejáramos disfrutar su soledad. Mamá siempre ha sido fuerte y ha vencido cualquier adversidad, lo había hecho muchas veces antes, desde su infancia en una comunidad rural siempre encontró la manera creativa de vencer obstáculos. Acabamos por aceptar su solicitud de quedarse sola, pero siempre estuvimos pendiente de ella.

Hoy por la mañana de camino al trabajo he hecho un descubrimiento que me estrujó el corazón. A la sombra de un árbol encontré a una perrita lastimada, no sé quién pudo causarle tanto daño, pero sus gemidos y su mirada asustadiza daban testimonio de su dolor. Me he acercado con mucha cautela, ella perece entender que necesita ayuda y se deja tocar, entonces puedo ver heridas en su cabeza y en sus patas, se observan mordidas que reflejan que fue atacada por otro perro.

Decido buscarle ayuda de forma inmediata y al tratar de cargarla ella grita suavemente de dolor, entonces pongo mucho cuidado en cada parte lastimada y la llevo a casa, la ubico en un lugar especial y me dedico a observar y curar sus heridas.

Han pasado algunos días y su alegría a regresado, ya no hay más que rastros de sus heridas. Se ha convertido en una hermosa hembra y una idea está dando vueltas en mi cabeza. Se acerca el cumpleaños de mamá y creo que disfrutará de la compañía de este lomito. La he llevado a acicalar y le he puesto un moño al cuello, hemos adornado una caja muy vistosa y con ayuda de los niños la llevamos al cumpleaños de mamá.

Llegamos a su casa, ella está poniendo agua a sus plantas y desde la sala la hemos llamado para que reciba a su nueva compañera. Los ojos de mamá se llenan de alegría, la carga y viéndola cara a cara le da la bienvenida con muchos abrazos.

Muchos días han pasado y el ritmo de vida de mamá se ha vuelto más agradable, ahora su compañera la sigue a todos lados, bien sea regando sus plantas, limpiando la casa o cocinando. Algunas tardes cuando vengo a visitarla puedo apreciar que la conexión entre ellas es muy fuerte, mamá no cesa de hablar de su compañera de vida y de exaltar sus virtudes.

Creo que cuando está a solas platica con ella, de seguro le cuenta los recuerdos de su vida en el campo y de aquella perrita que acompañó sus tardes de infancia en aquel pueblo lejos de la ciudad.

Los niños aman a la abuela y a su fiel compañera, han aprendido a disfrutarlas de manera especial. Mamá lleva a sus nietos a cuidar las plantas, les enseña el arte de platicar con la naturaleza para que todo florezca y produzca las mejores flores y los más deliciosos frutos, ella dice que cada ser vivo en su jardín y en el mundo pueden comprendernos, sólo tenemos que aprender a hablar como ellos y esto se logra platicando todos los días con ellos.

Por las noches mamá les cuenta como era la vida cuando ella era niña, sus nietos la rodean y en una escena digna de un cuadro familiar su fiel compañera está a su lado, atenta a sus palabras y a sus gestos.

Los años comienzan a cobrar factura en el cuerpo de mamá, sus descansos son más largos y sus charlas con sus plantas son cada vez menos constantes, pero me alegra saber que su corazón esté lleno del amor que recibe a diario y esto me hace reflexionar lo que un día me dijo:

—Entrega siempre amor a manos llenas, la vida te regresará lo mismo, a mí me lo entregó multiplicado con esta hermosa criatura.

Abraza a su perrita y juntas siguen contemplando el sol anaranjado de la tarde.

19 BAJO LA LLUVIA (CARA)

Esta lluvia no cesa, no sé cuánto tiempo lleva el cielo anegando las calles, parece que la noche no será sencilla, debo buscar un lugar seco y cálido antes que los demás de la cuadra hagan lo mismo, de cualquier modo, siempre encontramos la manera de abrigarnos y pasar las noches frías. Nos hemos acostumbrado a escuchar el motor de los carros en la madrugada y el estómago hambriento de quienes duermen al lado nuestro y no han corrido con tanta suerte al buscar alimento, nos cuidamos mutuamente y sabemos que siempre habrá un nuevo día para comenzar.

Estoy sentado frente a este lugar donde llegan muchos humanos a tomar bebidas calientes cuando llueve, normalmente van en parejas o en manadas muy pequeñas, comparten alimentos y sonrisas, lo sé porque de ese lugar muchos humanos nos han dado comida, lo delicioso es que siempre viene caliente y eso lo hace agradable.

La lluvia no cesa, la noche avanza y en las calles ya casi no hay humanos, solo sus autos que pasan con las ventanas cerradas y avanzan lento. El frío poco a poco se adentra en mis huesos y comienzo a tiritar, pero no dejo de ver al humano que está al otro lado de la calle, justo en la mesa que queda frente a mi lugar, sus movimientos son lentos, observa la lluvia con la mirada perdida en sus recuerdos, de pronto se pone una mano en la barbilla y su mirada se vuelve triste.

Observo con atención y veo que es el humano que en

noches como esta me ha dado de comer y me acaricia con afecto. Descubro que esta vez no lo acompaña la humana de siempre, aquella de sonrisa tierna y de corazón generoso. La recuerdo bien porque siempre vienen a este sitio y ella me observa desde la pared de vidrio y me sonríe, mueve sus manos y por debajo de la mesa me enseña lo que me dará a la salida.

Hay noches que son especialmente agotadoras, sobre todo aquellas en las que conseguir alimento y cobijo no ha sido fácil, pero esta noche lluviosa es especial, veo al humano y sé que algo no está bien porque él también tiene una lluvia en la mirada, gruesas gotas resbalan por su cara y respira entrecortado, en medio de un dolor amargo, lo puedo sentir desde este sitio, por eso cuando su mirada y la mía se cruzan trato de hacerle notar que le estoy observando al otro lado de la calle, muevo la cola y entrecierro los ojos en señal que no importa lo que esté pasando me encantaría estar a su lado para hacerle sentir que no está solo.

Él me observa detenidamente por algunos instantes y su dolor se vuelve más intenso, lo sé porque su corazón sigue dando tumbos sin orden y aprieta sus manos, la tormenta que hay en su corazón me duele más que la que cae a mis espaldas, algo no está bien, hay un dolor en su alma que no puede cargar, necesita apoyarse en la manada y yo quiero hacerle sentir que estoy con él.

El humano se ha quedado con la mirada puesta en la lluvia insistente que inunda las calles, la noche avanza y él no se ha movido, he decidido esperarlo y estar cerca por si me necesita, por eso en cuanto me ha visto de nueva cuenta aprovecho para cruzar la calle sin importar el frío y la lluvia para quedar frente a él, ahora nos separa únicamente el cristal empañado por la lluvia y la cortina que ha formado el dolor en su corazón empañando su mirada.

Él debe saber que en tantos años junto a los de su especie hemos aprendido a leerlos y olfatear sus emociones por eso no cabe la menor duda que la tormenta en su corazón es más intensa que la de esta noche.

Ahora que estoy cerca puedo apreciar detalles con mayor claridad y he visto una caja pequeñita con un anillo hermoso en el sitio que siempre ocupa su humana preferida.

Él acaricia la sortija y su llanto se vuelve una lluvia incesante, en ese momento pego mi nariz al vidrio y ladro para que pueda escucharme, luego de algunos intentos lo he conseguido, en cuanto su mirada y la mía se cruzan me pongo de pie y con todo el corazón le digo

—Aquí estoy, sin importar o que te cause este dolor, puedes contar conmigo, quiero abrazarte, eres el más débil de mi manada y debo protegerte.

Ahora que tengo su atención lo esperaré pacientemente para ayudarle a calmar la tormenta en su corazón.

20 BAJO LA LLUVIA (CRUZ)

Llevo caminando sin rumbo definido muchos días, mi vida cambió para siempre desde el momento en que la mitad de mi alegría se ha marchado. Todo era más fácil caminando tomados de las manos, ella era el refugio perfecto y su sonrisa el puerto que mi corazón ansiaba cada noche luego del trabajo.

Esta noche sería nuestro tercer aniversario juntos por eso mi corazón no soporta más y reclama su palabra amorosa, su paciencia enorme y su corazón bondadoso, no existe otro sitio en que mi alma sintiera una paz tan profunda que estando con ella.

Llueve de manera incesante, he recorrido muchas calles, aquellas que caminamos tantas veces charlando de cosas sin sentido con el corazón lleno de amor. Ella tenía el poder de calmar mis ansias, de borrar mis temores, sus palabras tenían el poder de sanar mis heridas y poner orden en mis emociones.

En noches como esta caminamos tantas veces buscando un refugio para pasar la lluvia, pero hoy la tormenta vive en mi pecho y no hay como refugiarme por eso he regresado al sitio donde muchas veces nos reunimos para trazar nuestros planes de construir un lugar de ensueño al que sin duda llegaríamos juntos.

Abro la puerta de este viejo café y veo que hay muy pocas personas, los mismos de siempre. En la barra está el señor de edad avanzada con un café en la mano platicando en voz baja con otra persona que parece interesada en el tema.

Ocupo la mesa aquella que da justo frente a la vieja librería, la misma mesa que cobijó nuestras charlas muchas noches y siguiendo la costumbre pido un café negro y un chocolate. La lluvia se pone intensa y cada gota se estampa en mi memoria, me inundan los recuerdos y comienza a llover en mi alma. Mis ojos anegados por el llanto amargo me recuerdan el vaporoso dolor de su ausencia.

En la acera de enfrente, bajo la protección que ofrece una cortina se encuentra el perro que alimentamos juntos siempre que venimos a este lugar, esquiva la lluvia sin mucho éxito porque el frío se apodera de su cuerpo y leves temblores le sacuden. Ella se preocupaba por este noble perrito de la calle, alguna vez quiso llevarlo a casa, pero me opuse porque no podríamos cuidarlo, nuestras vidas estaban demasiado ocupadas en atender a ella y ayudarle a transitar por su enfermedad, había sido diagnosticada con cáncer y sus tratamientos eran agotadores, y aunque su cuerpo mostraba estragos su corazón derrochaba alegría al verla, los unía algo especial.

Observo entre las gotas a este perrito y no deja de mirarme, entrecierra los ojos por la lluvia, pero su mirada no se ha despegado de mí desde que estoy en este lugar, debe extrañar a quien le ofrecía comida tras el cristal por debajo de la mesa…—debes saber que yo también la extraño— le je dicho en voz baja.

Un dolor en mi garganta no me deja, la recuerdo y sus palabras resuenan en mi mente

—Ellos entienden más de lo que creemos— dijo

muchas veces con la mirada puesta en los ojos de este perrito de la calle.

—te aseguro que me reconoce como a quien le da no sólo comida, sino también cariño, ellos huelen las emociones y las identifican muy bien

Observo casi por inercia las gotas y de pronto nuestras miradas se cruzan, el noble perrito mueve la cola y sus ojos se entrecierran como cuando los humanos nos reímos. De pronto se levanta y se dispone a cruzar la calle sin importar la lluvia que a esta hora es torrencial.

Llega frente al lugar donde me encuentro, ya solo nos separa el cristal de esta vieja cafetería y entonces hace un gesto que me regresa a de inmediato a la memoria las palabras de ella, creo que comprende muy bien mi soledad por eso a decidido acompañarme.

Toco su nariz desde mi lado del cristal y mueve la cola, ahora me convenzo que no vino solo, tú me has traído hasta este lugar y has procurado este encuentro hermoso. Tu corazón es tan generoso que no sé cómo lo has logrado, pero desde algún rincón del cielo lo has traído para encontrarnos esta noche.

Se irá conmigo a casa, este ángel de amor será ahora mi familia y nos tendremos el uno al otro para calmar nuestros miedos y alejar la soledad.

—Gracias amor de mi vida, mensaje recibido, petición cumplida.

21 LA MOCHILA (CARA)

Este lugar me encanta, con cada paso que el humano da se mueven en mi estómago las mariposas y siento cosquillitas, pero me gusta el brincoteo que damos cuando vamos subiendo este camino tantas veces andado. Vivimos al pie de una montaña llena de pájaros cantores que reciben al sol cada mañana con una orquesta de trinos. Aquí huele a tierra mojada, a monte bañado por el rocío por eso me gusta este lugar. Conforme avanza la mañana los aromas van cambiando y cada uno tiene un significado especial.

Cuando huele a humo por la mañana yo me alegro porque sé que mi humano se está alistando para ir a ese lugar al que acuden muchos cachorros de humano y se encierran por horas, me alegra este momento porque él no me deja en casa, me permite acompañarlo todos los días y es divertido encontrarse con otros humanos de su edad en aquel sitio.

Todos me protegen y yo he aprendido a respetarlos porque sé que no representan peligro alguno. Él camina con prisa, conoce cada uno de los detalles del camino, por eso sé cuándo estamos acercándonos a la parte más divertida: el camino cuesta abajo que nos lleva a aquel lugar donde vamos a encontrarnos con los demás humanos.

En esta parte mi humano avanza dando saltos de una piedra a otra, sus pasos son cada vez más rápidos y yo voy dando tumbos en su espalda dentro de la mochila, él se ríe y dice —¡Agárrate fuerte porque vamos meter velocidad! Y sus sonrisas entrecortadas por los brincos me llenan de alegría y trato que mis ladridos cortos le digan que me estoy divirtiendo mucho.

No recuerdo cómo encontré a mi humano, es el más pequeño de la familia y disfruta mucho hablar con los animales, le he visto retar al gallo por las tardes y cantar con él para ver quien lo hace mejor, cada uno hace su mayor esfuerzo, pero mi humano al final se deja vencer por la risa. Hace lo mismo con los pavos, él grita primero y aquellos responden a coro cada vez más fuerte y eso me divierte.

Le he escuchado ponerse a cantar como las aves, se ha puesto a ladrar conmigo y hemos aullado por las tardes. Él no se da cuenta, pero todos los animales de esta selva hablan de su comportamiento, he visto pájaros con voces distintas que vienen a retarlo en las mañanas porque saben que él es un humano especial y vienen a comprobarlo.

La otra tarde el caballo del vecino brincó las barreras que lo contenían y vino a visitar a mi pequeño humano, se acercó a él con alegría y éste le acarició por largo rato mientras preguntaba —¿Qué haces fuera de casa? te llevaré de regreso, pero antes vamos a dar un paseo, subiendo a lomos del noble caballo emprendió un paseo por la montaña para luego llevarlo de regreso con su dueño, así de encantador es mi humano.

Cuando mi humano camina por esta montaña las mariposas le hacen reverencia, se turnan para acompañarlo en su andar y celebran su existencia y su sonrisa. Yo tengo un lugar de privilegio porque lo acompaño todos los días en sus travesías.

Viajo con la confianza de saber que él siempre me

observa y platica conmigo de los sueños que hay en su cabeza, cuando el camino se pone más duro mi humano hace el acto de amor que más celebro, me carga entre sus brazos, me da de beber abundantemente y nos sentamos un momento a la orilla del camino a la sombra de árboles centenarios y comienza el acto de magia, mi humano comienza a platicar con cada ser que observa.

Me encanta cuando platica con las guacamayas porque sus gritos son iguales, la otra tarde encontramos de camino a los bulliciosos pavos, la diversión fue singular porque comenzaron una charla que duró por varios metros, mi humano gritaba y ellos contestaban hasta que ya no pudieron escucharse.

Siempre descansamos en el miso sitio, y cuando él considera que debemos retomar el camino entonces abre la mochila y con gran habilidad me acomoda para luego llevarme a sus espaldas.

Mamá dice que cuando mi humano crezca se volverá aburrido, pero no es así, este humanito tiene el corazón de montaña, tiene amor en cada rincón de su ser.

AMORES DE LA CALLE

22 LA MOCHILA (CRUZ)

El camino a la escuela siempre es divertido porque desde que él llegó a mi vida se ha convertido en mi compañía, disfrutamos mucho este camino. No puedo dejarlo en casa porque mamá y papá se van a trabajar montaña arriba y él está muy pequeño para hacer el recorrido con ellos. He pedido a mamá me deje traerlo a la escuela y luego de hacerme muchas recomendaciones me lo ha permitido.

Mi perro aparece cuando apenas mamá comienza a preparar el desayuno para llevar a la escuela y lo que ellos comerán mas tarde montaña arriba, sigue el rastro de aromas en la cocina y sabe que es hora de los alimentos anunciando que estamos por iniciar el recorrido matutino.

Caminamos montaña arriba siempre a paso veloz porque nos gusta sentir el frío de la mañana en nuestra cara, en todo el camino le voy platicando cuáles son los planes para el día y él parece comprenderme porque mueve la cola y me escucha atentamente. En todo el camino va atento a los aromas que percibe, se detiene en cada resquicio, huele entre las piedras del camino, deja su marca siempre en los mismos árboles señalando el camino de regreso. Siempre lo observo porque cuando se cansa sus pasos se vuelven más lentos y en ese momento me toca ayudarlo.

Aprendió muy pronto a acomodarse y quedarse quieto en la mochila donde van mis libros, su pequeño cuerpo siempre encuentra acomodo y sólo asoma su cabeza y va atento a todo lo que pasa en el camino. El cierre de la mochila lo ajusto cerca de su cuelo para asegurar que no saldrá volando en una de las curvas del camino, inicio la parte mas divertida del camino: la bajada a donde se encuentra la escuela.

Voy corriendo y me divierten sus ladridos, sé que no lo hace por miedo, realmente se divierte y no esconde su felicidad. En el camino siempre le voy recomendando que se sujete con fuerza y a él le causa mucha gracia.

La madre de mi mascota vive con los vecinos en el predio casi al pie de la montaña, una vez fui a comprar algunas cosas y lo vi siguiendo a su madre, no lo dudé, arriesgándome al rechazo lo traje a casa y lo escondí entre las plantas, supliqué a mi madre que me permitiera quedármelo y fiel a su costumbre me hizo muchas recomendaciones y me permitió tenerlo.

—Es tu responsabilidad— dijo con la seriedad que el caso ameritaba.

desde ese día nos hicimos inseparables y me acompaña a la escuela todos los días, se queda a mis pies y no molesta, aprendió a jugar con mis amigos y todos lo quieren mucho. Al principio mi maestra no estaba segura que debía permitirle quedarse, luego de ver que sabía comportarse lo dejó entrar a la clase conmigo.

Yo creo que los humanos somos igual que todos los árboles, los pájaros y los demás animales, merecemos la felicidad por eso me gusta platicar con las plantas, le cuento mis alegrías a los árboles de la montaña y los abrazo siempre que puedo. He encontrado el modo de divertirme imitando a las aves, el ruido del viento y el ramaje de los cedros de la montaña.

Quiero aprender a hablar pájaro, a volar como las mariposas, a cantar como el rio lo hace al pie de la montaña, deseo poder cantar como las ranas, aprenderme todas las historias que arrastra el viento, mantener en mi pecho cada suspiro que encierran los árboles por eso me esfuerzo por platicar con ellos todo el tiempo y me gusta creer que me escuchan y que pueden sentir que los aprecio.

Mi perro lo sabe, cuando platico con él mis ansias de conocer todos los idiomas de la vida él me mira fijamente y mueve la cola, lame mis manos y algo en sus ojos me dice que él también quiere hablar humano para contarme cosas divertidas, me enseña sus blancos dientes como si sonriera y pega su cuerpo al mío.

—Entra a la mochila, vamos de regreso a casa— le digo y lo acomodo en la forma en que siempre viaja a mis espaldas.

Él conoce muy bien esta rutina y no tarda mucho en encotrar acomodo, saca la cara de la mochila y con su naríz va absorbiendo cada uno de los aromas de este inmesa montaña.

Comienza el ascenso de regreso a casa y fiel a mi costumbre en el camino me voy despidiendo de los árboles y los pájaros, con la promesa que mañana volveremos a encontrarnos para contar historias y celebrar la vida.

23 LA ALCANCÍA (CARA)

Llevo tanto tiempo con ella que puedo adivinar lo que va a hacer, conozco perfectamente cada uno de sus gestos por eso esta mañana supe que estaba preocupada de forma especial. No puso atención a su cabello y lo andaba en desbandada, se veía con los ojos rojizos, como cuando contiene las ganas de llorar, lo mismo que aquella vez en que el humano mayor de la casa le regañó por traer perros a la casa, dijo que ya éramos demasiados, pero ella se resistía a obedecerlo. Por eso esta mañana supe que algo en su corazón no andaba bien.

Me ha puesto la correa y hemos iniciado el camino al sitio donde nos encontramos un buen día, ella me vio a lo ojos, yo estaba muy triste, pero decidió darle luz a mis días, su presencia es eso, una luz interminable. Luego de muchas calles hemos llegado a refugio y un humano bonachón la recibe con mucho afecto lo sé por su semblante. Ella responde con un saludo entre dientes y camina de forma decidida a la jaula que se encuentra al fondo del refugio, yo la sigo de cerca y como siempre saludo a los que se encuentran bajo resguardo.

El responsable le había llamado la tarde anterior y luego de cruzar palabras por un instante pude ver como su semblante cambió, su mirada se perdió entre las figuras del piso y su corazón se aceleró, pude sentir cómo el llanto contenido se ancló en su garganta, por eso esta mañana ella sabía que pasillo debía recorrer y a quién buscar.

Llegó finalmente frente a donde se encontraba un viejo perro, con muchas cicatrices en la cara y con una profunda herida en el alma, se le notaba por el gris en su mirada.

¡Ella volvió a hacer su magia! Se acercó a él y extendiendo la mano sin miedo le acarició el rostro, los ojos del perro se entrecerraron y se dejó acariciar, sabía perfectamente que ella era la luz que alumbraba este espacio.

Revisó cada una de sus viejas heridas y le dijo cosas dulces mientras le prometió regresar por él, su voz se quebró cuando lo acercó a su pecho y dijo algo que no entendí, pero ignoro porque su corazón se sintió culpable. El responsable del refugio la ve atentamente con un gesto bondadoso, se acerca y le ha dicho algo que hizo que cambiara su semblante.

Regresamos a casa con prisa, ella hablaba conmigo de que alguien nos necesitaba y pude sentir esa extraña mezcla de dolor y aflicción en sus palabras, estaba casi al borde del llanto, tal como había estado desde la tarde anterior.

Hemos llegado a casa, esta vez no quiere hablar con el humano más grande, sabe que lo que tiene que hacer no será de su agrado. Busca debajo de su cama la caja que contiene sus libros y en una esquina su mano encuentra lo que estaba buscando: una vieja alcancía de latón con el dinero destinado para casos especiales, este sin duda es uno de ellos.

Revisa cada billete, cada moneda y hace una llamada, su voz parece contener mucha emoción y los poros de su piel se abren, puedo percibir cuando un escalofrío recorre su espalda.

Está acostumbrada a luchar contra la adversidad, la he visto otras veces mostrar su determinación, siempre ha dejado los lamentos para el último momento, pero esta ocasión es diferente, la noto a punto de quiebre.

Con el dinero en la mano se pone de pie y me lleva de nueva cuenta a recorrer las calles, puedo adivinar a dónde se dirige porque no es esta la primera vez. Buscamos al humano que cuida a muchos animales, en su casa siempre huele a medicamentos mezclado con afecto porque ese humano es muy generoso. Hemos llegado a su puerta y mi humana habla con él, le explica algunas cosas. Ella se altera un poco y sus palabras se entrecortan, el humano la abraza mientras dice— No se trata de dinero esta vez, sabes que confío mucho en ti, pero esta vez es diferente, él está cansado.

Mi humana libera entonces el mar que está su corazón, hemos salido a la calle nuevamente y llora en una banca del parque con algunos medicamentos en la mano y una correa nueva, no ha dicho nada, pero yo sé lo que va a hacer y al humano mayor de casa no le va a agradar la idea.

Regresamos al refugio y nos dirigimos a donde se encuentra el perro viejo, le han puesto un medicamento. Ella lo abraza mientras pone la correa en su cuello y libera un enorme suspiro que atraviesa nuestras almas, el perro viejo y yo sabemos que ella es especial, que nos podemos sentir mutuamente, abraza al perro y viéndole a la cara dice —Nos vamos a casa, no estarás más tiempo sólo.

Calle abajo ella lleva el corazón encendido, el perro viejo camina lento pero feliz mientras en mi cabeza da vueltas la idea que nos espera la rutina varias veces superada:

AMORES DE LA CALLE

convencer al otro humano de casa.

24 LA ALCANCÍA (CRUZ)

Ayer recibí la llamada de Héctor, responsable del refugio con el que he colaborado por mucho tiempo rescatando peluditos de la calle, algo me dijo de un perro anciano entre sus protegidos y parece que las cosas no van bien, tiene heridas cicatrizadas por todas partes como señal que le ha ido muy bien. Estoy despierta desde muy temprano pensando en que algo debo hacer por ese animalito. A papá no le agrada la idea que yo traiga perritos a casa y hemos tenido muchas diferencias, pero no puedo hacer otra cosa, me siento comprometida con cada perro en desventaja, algo en mi instinto me obliga a protegerlos.

Iremos a verlo, por eso he puesto su correa a Roco que también vino de ese refugio. Estamos a menos de 30 minutos que abran el refugio y quiero ser la primera persona en llegar, me preocupa el caso que Héctor me comentó. Caminamos muchas calles arriba para llegar al local y Héctor me saluda diciendo:

—Como siempre... eres la primera en llegar, buenos días.

Apenas le respondo porque mi prisa es superior y pregunto —¿Dónde está? — y él responde con tranquilidad —en la jaula al fondo del pasillo.

Los he visto, no puedo más que sentir cómo una profunda tristeza se apodera de mi corazón, él rehúye la mirada, me esquiva con miedo, por su experiencia sabe que no todos los humanos somos buenas personas y duda por un instante. Le acerco mi mano con cuidado y me ha dejado tocarlo, entonces puedo verlo de cerca y mi corazón se exprime al notar sus cicatrices, tiene muchas marcas en la cara en señal de peleas con otros perros, en uno de sus ojos hay una vieja herida que le impide ver con claridad por eso levanta la cara más de la cuenta para verme.

Su respiración es lenta y costosa. Cuando le reviso un poco más puedo ver la marca de una herida causada por una cadena en el cuello que durante mucho tiempo limitó su felicidad y laceró su carne.

—Era un perro de pelea, pero fue abandonado— me ha dicho Héctor.

Mi alma se estremece y lo abrazo, el gime con miedo y cierro los ojos para pedirle perdón por todo el daño que le hemos causado

—¿Cómo pudimos hacerte esto? ¿En qué momento nos volvimos insensibles?

Él parece comprender que me disculpo en nombre de quienes le han hecho tanto daño, cierra los ojos y se deja querer, su cuerpo cansado se estremece y mi abrazo lo conforta.

Héctor me dice que necesita dos cosas: mucho afecto y un medicamento que cuesta muy caro, en sus manos ya no está suministrárselo, él sabe que mi corazón está lleno de afecto pero el problema está en nuestra finanzas, sin embargo, no dudo en decirle que lo voy a solucionar y regreso a casa con el corazón a punto de desmoronarse.

Roco me observa atentamente, lame mis manos mientras me observa llorar en silencio cuando le digo que este lomito nos necesita y no podemos fallarle, sólo nos tiene a nosotros.

He llegado a casa en silencio, evito el contacto con papá, yo sé que él ama a los perros, pero nuestras finanzas no son las mejores y mi corazón caritativo lo ha metido en dificultades anteriormente. Busco debajo de la cama la caja donde guardo mis libros y otros tantos recuerdos y finalmente doy con la cajita de mis ahorros. Cuento apresuradamente a cuánto asciende y con tristeza veo que no podré hacer grandes cosas, de cualquier modo, la determinación en mi corazón me dice que no debo abandonarlo porque muchos otros lo han hecho ya y él merece un pincelazo de felicidad en medio del caos que ha sido su existencia.

Con el dinero en mano y el corazón en atravesado por alfileres nos dirigimos ala consultorio de nuestro buen amigo Carlos, el veterinario que comparte conmigo el amor por los perros de la calle y a quien tantos favores debemos. Me dice que ya fue a verlo y me da su veredicto:

—Hay que calmarle el dolor y llenarlo de amor, es todo lo que podemos hacer— me ha dicho con su mirada bondadosa mientras me consuela sutilmente.

Entonces me da un medicamento y algunos alimentos, la cuenta supera mis ahorros, pero él dice que está bien de una manera generosa

—No hay problema, siempre he sabido que tu corazón es más grande que tus bolsillos.

Caminamos de regreso al refugio, Roco me sigue dócilmente, creo que sabe lo que estamos haciendo y cómo me siento porque no deja de verme a la cara y roza su espalda en mis piernas. Mi corazón en este momento es un nudo de emociones por eso he decidido sentarme en la vieja banca de siempre en este parque que nos queda de paso y abrazando a Roco mi corazón finalmente se rompe, no quiero que nuestro nuevo amigo nos vea llorar.

Emprendemos el camino de regreso luego de un rato en ese parque y de nueva cuenta llegamos al refugio, Héctor nos recibe con el agrado de siempre y dice:

—¿Lo has logrado? Y yo respondo afirmativamente mientras le explico — A medias, sólo a medias.

Mientras se le aplica el medicamento para minimizar el dolor a nuestro amigo yo le coloco la correa que hemos comprado, a esta hora el corazón lo tengo devastado pero mi determinación sigue intacta: lo llevaremos a casa para llenarle sus últimos días con el amor que tanto ha necesitado, él se deja consentir, apenas se mueve al sentir la aplicación del medicamento y obedece a mi instrucción de irnos a casa.

En mi cabeza sólo da vueltas la idea del daño que le han causado, de las razones que tuvo que inventarse otro animal para causarle tantas heridas tan sólo por dinero.

Pienso en que merece amor de sobra y en casa se lo daremos, papá hará de nueva cuenta el acto de resistencia de siempre, pero sé que también, como siempre, terminará aceptando porque mi corazón y el suyo están llenos de amor por los por perros y ambos odiamos las injusticias. Será un reto, pero voy a convencerlo.

25 AMADO HASTA EL FINAL (CARA)

Mi cuerpo no es el mismo de antes, me cuesta caminar por mucho tiempo, me canso fácilmente y mi humano lo sabe, por eso ha arreglado muchos espacios donde me gusta dormir, él siempre ha estado al tanto de mi salud.

Cuando llegué a esta casa yo había pasado muchas noches en las calles, sentí el castigo del hambre y del frío, dormí muchas veces sin comer alimento alguno y mi cuerpo no podía seguir andando para buscar comida, como en la ocasión en que decidí probar suerte en otra parte de la ciudad y recibí una bienvenida no muy grata por los miembros de otra manada.

A esta hora de la tarde, mientras mi humano aún no regresa, siempre recuerdo la madrugada en que la suerte nos presentó. Yo necesitaba comer algo porque tenía mucha hambre y frío y él estaba sólo en una banca de aquel sitio donde se reúnen humanos felices por las mañanas y otros muy tristes por las madrugadas.

Ahí estaba él, en completo silencio con las manos juntas cerca de su boca, me acerqué para hacerle compañía y él me aceptó de buena gana, me tocó la cara y dijo algo que no comprendí, pero su rostro y sus latidos me dieron confianza, a esa hora no había tiempo para el miedo.

Me acercó a él durante mucho rato, sacó de sus bolsillos unas galletas deliciosas y me las dio, nunca olvidaré que sabían a esperanza porque era lo mejor que me había sucedido esa jornada. Algo me dijo mientras acariciaba mi lomo y luego de un rato comenzó a caminar, decidí seguirlo unas cuadras y al llegar a su auto me invitó a saltar, salté inmediatamente, algo me dijo que él era un humano confiable, lo supe por su mirada.

Me llevó a casa y aquella fue la primera noche que dormí en un espacio abrigado, sin frío y sin hambre. Desde entonces él se preocupó por darme alimentos y mucho afecto. Todas las mañanas sale con su auto y yo quedo a cargo de la casa, al regresar me trae algo de comer, juega conmigo y salimos de paseo, vivimos solos en este espacio pero no nos falta nada, siempre nos hemos tenido el uno al otro.

Lo he visto reír y disfrutar en muchas ocasiones, también le he acompañado en las madrugadas en las que el sueño lo abandona, han sido muchas porque al parecer tiene fantasmas que no le dejan dormir de vez en cuando, por eso nos quedamos haciendo alguna actividad con poco ruido para no molestar a los vecinos. Hemos cantado muchas veces y hemos visto salir el sol de la mañana, cuando eso sucede siempre me abraza y dice algo especial, lo sé porque lo repite siempre en momentos como ese.

Últimamente lo he visto triste cuando me abraza, algo dice mientras acaricia mi cara y me abraza, puedo sentir el calor de su corazón cerca del mío, se esmera en mis alimentos y en las medicinas que ahora son más que antes. Estoy pasado de peso, me cuesta mucho andar largas distancias por eso cuando salimos de paseo el me carga cuando me ve cansado. El hambre ya no se asoma, sólo un dolor que no me deja en paz por un instante.

Cuando lo veo preocupado siento el deseo inmenso de protegerlo, pero mis fuerzas no son las mismas, comienzo a ser más responsabilidad para él y eso no me gusta.

Hoy vino su amiga a traernos, no ha dicho nada, pero abraza a mi humano mientras éste llora y me dan ganas de rodearlo con mi cuerpo para decirle que todo va a estar bien.

Quiero hacerle saber que lo mejor que ha pasado en mi vida es tenerlo junto a mí, sé que al igual que yo haría cualquier cosa por protegerme, mi corazón ansía hablar humano al menos una vez para decirle todo lo que representa para mí. Mi vida en las calles era verdaderamente difícil, cada día era una victoria y muchas noches dormí con hambre, frío y mucho miedo y no fue sino hasta que estuve a su lado cuando descubrí que también hay humanos buenos dispuestos a compartir su vida con nosotros.

Hemos llegado, no he dejado de verlo durante todo el camino, mi humano tiene el corazón cada vez más acelerado, llora inconsolablemente y me abraza, no quiere dejarme ir, su amiga lo consuela y algo le dice mientras tiene en las manos el medicamento que me ayudará a descansar, quisiera hablar humano para decirle que no tema, que gracias al amor que me ha dado puedo dormir en paz. Lamo sus manos y él me abraza y pega su rostro al mío, puedo ver el dolor en su mirada, en este momento quisiera hablar humano para decirle —Gracias por tanto amor… tu vivirás en mi corazón por siempre.

Es hora de dormir… gracias por tanto amor, sólo me duele verlo llorar.

AMORES DE LA CALLE

26 AMADO HASTA EL FINAL (CRUZ)

Me preocupa porque de nueva cuenta no quiso comer, cociné para él lo que tanto le gusta y se ha limitado a lamer mis manos, sin siquiera oler su comida, lo he observado durante muchas horas porque me aferro a la idea de que se pondrá mejor.

Lleva conmigo 8 años y mi vida cambió con su llegada. Soy distinto gracias a él y su enorme lealtad, mi soledad desapareció cuando llegó a mi vida, por eso tengo miedo… no quiero quedarme sólo, más ahora que mi corazón le pertenece.

Se que la vida tiene un ciclo natural pero el amor no obedece a la misma razón, mientras nuestros cuerpos se van deteriorando el amor se ha vuelto más fuerte, puedo adivinar lo que hará apenas mueve sus patitas y se enfila a algún lado y él anticipa sobre todo las noches en que mis emociones se vuelven un nudo, se queda despierto a mi lado hasta que el sueño nos vence. Su lealtad es la más grande muestra de amor que he recibido, con él he aprendido que se ama sin reservas, con total confianza.

Decidí vivir sólo por un acto egoísta, no quise que alguien más padeciera mis madrugadas despierto, el matorral sin orden de mis emociones y este lastimoso vacío que llegó un día a mi vida de no sé dónde y se ha quedado conmigo durante tantos años disfrazado de insomnio. Fue exactamente una noche de estas en la que el destino lo trajo a mi vida, hacía mucho frío, yo estaba sentado en una banca solitaria del parque tratando de disipar mis miedos y mis ansias cuando él se acercó, con pasos lentos y la cola entre sus piernas, temeroso al principio. Se veía sucio y su cuerpo tiritaba de frío.

Haciendo un lado mis habituales preocupaciones me detuve a observarlo atentamente. Acaricié su rostro y él se dejó acariciar moviendo el rabo, lamía mis manos y comprendí que necesitaba dos cosas: comida y afecto, justamente en ese orden. Saqué de mis bolsillos las galletas que siempre me ayudan en las noches de insomnio y le di de comer, él aceptó felizmente, mientras comía he acariciado su lomo y creyendo que comprendía he dicho—¿Tú también sufres insomnio? Vamos a hacernos compañía.

Aquella noche me siguió al auto, aceptó subirse y lo traje a casa, desde entonces mi soledad se ha ido. En mis noches sin sueño él se queda a mi lado y lo disfruto, hemos inventado juegos, hemos cantado en voz baja para no molestar a nuestros vecinos y hemos jugado a las luchas en mitad de la casa en las más profundas horas de la madrugada, mis noches de insomnio nunca volvieron a ser iguales desde que él llegó a casa.

Lleva muchos días enfermo, el médico ha dicho que tiene dolores muy fuertes y sus huesos ya no son los mismos, yo me resisto a dejarlo ir, mi corazón lo abraza con este sentimiento egoísta que me ha crecido en el alma desde que sé que está enfermo, he tratado que cada día sea mejor que el anterior, por eso cambié mi turno en el trabajo para quedarme más tiempo cuidándolo. Lo noto cansado, por las noches se queja demasiado y no duerme sino hasta que recibe su medicamento.

Hoy vino Luz, mi médico veterinario de cabecera, me ha dicho que es momento de dejarlo ir, sus palabras caen como navajas en mi corazón, busco ansiosamente los ojos tranquilos de mi compañero de vida para que sepa que me resisto con el alma a la idea de dejarlo ir, que me niego a no tenerlo cerca un día más, he pedido tantas veces al cielo porque recupere su salud, pero comprendo que este paso doloroso es parte de la vida y finalmente rompo en llanto.

Durante el trayecto él no ha dejado de verme a la cara, con cada rebote del auto su cuerpo le pasa factura de dolor pero su expresión es tranquila y me sorprende que en medio de su sufrimiento mueva la cola como muestra de gratitud cuando lo abrazo,

Me observa con atención, sus ojos parecen decir algo, hace un intento por moverse y llamar mi atención, es tanta su lealtad que hasta el final se esfuerza por demostrarme cariño. El momento llega, el medicamento comienza a recorrer su cuerpo y a devorar mi corazón.

Lo abrazo fuertemente pongo mi rostro junto al suyo, le pido que no olvide rastrearme cuando nos veamos en el otro lado de la vida y en la oreja le dejo un mensaje que temí decir por mucho tiempo:

—Gracias por tanto amor, vivirás por siempre en mi corazón.

Él se va durmiendo poco a poco y en mi corazón la tormenta se recrudece.

ACERCA DEL AUTOR

ALBERTO REYES TORAL

Nace un 25 junio 1968 en Chivela, Municipio de Ixtaltepec Oaxaca, radica en Acapetahua, Chiapas donde labora como maestro frente a grupo en una escuela primaria multigrado. Es Licenciado en educación egresado de la Universidad Pedagógica Nacional sede 072 Tapachula. Creador del proyecto de promoción a la lectura DE PURO CUENTO. Ponente en dos años consecutivos 2013 y 2014 en la feria internacional del libro en Guadalajara, Jalisco. Ha impartido diversas conferencias sobre la importancia de la lectura y su impacto en los alumnos en diversos escenarios dentro del país como Oaxaca, Ciudad de México, Tuxpan, Veracruz, Saltillo Coahuila, Tuxtla Gutiérrez, Tapachula Chiapas entre otras ciudades. Ha impartido videoconferencias con alumnos, docentes y padres de familia varios estados de la república y en países como Colombia, Estados Unidos, España, Perú, Ecuador, Argentina, Uruguay, entre otros.

Amante de los perros desde niño, creció en una comunidad rural teniédolos como compañeros de aventuras y compartiendo con ellos el amor a la vida.

Made in the USA
Columbia, SC
27 August 2022